Zähme Mich

Eine Stark International Novelle

von

J. Kenner

Aus dem Amerikanischen von Sophie Beck –
Language+ Literary Translations, LLC

Die Originalausgabe erschien 2014 unter dem Titel *Tame Me*
bei J. Kenner.
Print Edition

Deutsche Erstausgabe 4/2015

Zähme mich

Eine Stark International Novelle

von

J. Kenner

Kapitel Eins

DAS WAR EINE *verdammt coole Party*, denke ich.

Ich stehe mit dem Rücken zum Pazifik und beobachte, wie die tüchtige Crew die hübschen weißen Zelte abbaut. Die Essensreste wurden bereits weggeschafft, der ganze Müll entsorgt. Die Band ist schon vor Stunden abgezogen und auch die letzten Gäste sind bereits eine Weile weg.

Selbst die Paparazzi, die in der Hoffnung auf ein paar erlesene Schnappschüsse von der Hochzeit meiner besten Freundin Nikki Fairchild mit dem schwerreichen ehemaligen Tennis-Ass Damien Stark am Strand campiert hatten, haben ihre Stellungen längst verlassen.

Leise vor mich hin seufzend versuche ich mir einzureden, dass dieses undefinierbare Gefühl von Leere in mir nichts mit Schwermut zu tun hat. Es sind vermutlich eher die Nachwirkungen einer schlaflosen, alkoholschwangeren Partynacht. Natürlich stimmt das nicht. Ich fühle mich beschissen wehmütig, aber ich schätze, das ist ganz normal. Immerhin habe ich gerade meiner besten Freundin dabei zugesehen, wie sie den einzigen Mann im gesamten Universum geheiratet hat, der absolut perfekt zu ihr passt. Das ist doch fantastisch und ich freue mich wirklich für sie, zumal sie ihn gefunden hat, ohne vorher die gesamte männliche Bevölkerung von Los Angeles einem Praxistest zu unterziehen.

Im Vergleich habe ich rund achtzig Prozent davon gevögelt und immer noch keinen Typen wie Damien gefunden. Vermutlich kann man mit hoher Wahrscheinlichkeit davon ausgehen, dass Nikki den letzten vernünftigen Mann an Land gezogen hat.

Nun gut, vielleicht nicht wirklich den letzten, revidiere ich, als ich Ryan Hunter sehe, wie er eben den gewundenen Fußweg von Damiens Malibuhaus zum Strand herunterkommt, wo ich mich gerade befinde. Ryan ist der Sicherheitschef von Stark International. Wir beide fungierten *faktisch* als Gastgeber dieses abendlichen Hochzeitsempfangs, nachdem das Brautpaar im Hubschrauber ins Eheglück entschwunden war.

Ryan gehört nicht zu den achtzig Prozent und das ist geradezu eine Schande. Der Mann ist echt heiß, hat stechend blaue Augen und kastanienbraune Haare mit einem nahezu militärisch anmutenden Kurzhaarschnitt, der sein markantes Gesicht eindrucksvoll in Szene setzt. Er ist schlank und großgewachsen, gleichzeitig kräftig und sexy. Ich habe ihn sowohl in Jeans als auch im Smoking gesehen. Allein die Rundungen seines Hinterns bringen jede Frau zum Sabbern.

Während der letzten Monate haben wir uns näher kennengelernt und ich sehe ihn als Freund. Ehrlich gesagt wäre ich auch nicht abgeneigt, diese Freundschaft zu vertiefen, und glaube, dass er ebenso fühlt, selbst wenn er das noch nicht offen gezeigt hat.

Da ist dieses Flackern in seinem Blick immer dann, wenn er mich ansieht und denkt, dass ich gerade nicht hinsehe. Vielleicht ist er aber auch nur schüchtern, aber daran habe ich meine Zweifel. Es ist etwas Gefährliches an ihm, das wie gemacht ist für seinen Job als Oberaufpasser für einen Typen wie Damien und ein Unternehmen wie Stark International.

Nikki erzählte mir einmal, dass Ryan nichts lieber tut, als Monster zu jagen. Das nehme ich ihr auch ab. Und ebenso wie er in großen Schritten und mit einer Mischung aus Anmut und Vitalität den Pfad heruntermarschiert, stelle ich ihn mir auch in einem Kampf vor. Ich bin mir sicher, er würde alles daran setzen, um zu gewinnen.

Nein, ich glaube nicht, dass Ryan Hunter schüchtern ist. Ich kann nur sagen, dass er mich noch nie angemacht hat und das ist jammerschade.

Und jetzt ist es natürlich zu spät. Ich mache mich morgen auf den Heimweg zurück nach Texas. Ich habe mir nämlich ein neues Lebensziel gesetzt, wonach ich endlich meine Scheiße geregelt kriegen sollte. Und zu meinem Lebensreparatur-Programm zählt auch, dass ich ab sofort nicht mehr mit jedem in die Kiste hüpfe. Ich konzentriere mich ausschließlich auf Jamie Archer und werde rauskriegen, wer sie ist und was sie wirklich will. Stufe eins des Masterplans besteht darin, nicht immer gleich meinen Trieben nachzugeben, wenn mir ein heißer Typ über den Weg läuft.

Offen gesagt sind Männer so gestrig.

Bis dato läuft es ganz gut für mich. Ich habe vor ein paar Monaten einen Mieter für meine Eigentumswohnung in der Stadt gefunden und bin daraufhin wieder zu meinen Eltern nach Dallas gezogen. Eine fünfundzwanzigjährige Schauspielerin in Los Angeles zu sein, ist ein hartes Los. Insbesondere dann, wenn man noch nicht wirklich einen annehmbaren Job gelandet hat. Hier gibt es zu viele Typen, die hübscher sind als ich und es auch wissen. Und es bieten sich einem auch viel zu viele Gelegenheiten für einen schnellen Fick.

In Texas ticken die Uhren langsamer. Da ist

alles ganz easy. Und selbst wenn es wohl kaum die internationale Schauspielmetropole ist, war ich dort schon ein paar Mal beim Vorsprechen. Allem Anschein nach bekomme ich auch einen akzeptablen Job als Live-Reporterin bei einem Lokalsender. Das Vorsprechen hatte kurz bevor ich hierher zur Hochzeit geflogen bin stattgefunden. Ich gehe also davon aus, dass mich der Programmdirektor dieser Tage kontaktiert.

Und tatsächlich war ich auch beim Casting für einen Werbespot hier in Südkalifornien, habe den Job aber nicht bekommen. Vielleicht war das gar nicht mal so schlecht, denn sonst hätte ich den Posten angenommen und wäre vermutlich in Los Angeles hängen geblieben. Ich liebe Los Angeles nämlich und meine Freunde leben hier. Dadurch wäre ich aber wieder im Hamsterrad aus Casting und Vögeln gelandet und der ganze zerstörerische Wahnsinn hätte von neuem begonnen.

Der Plan ist gut, sage ich mir, währenddessen ich der Crew dabei zusehe, wie sie die letzten Arbeiten über die Bühne bringt. Der Plan ist vernünftig.

Als ein Dutzend Arbeiter die restlichen Zeltstangen zu einem in der Nähe geparkten LKW schleppen, kommt der Bauleiter mit Notizblock und Stift auf mich zu. Er geht die gesamte Liste mit mir durch und ich hake die einzelnen Punkte nacheinander sorgsam ab. Dadurch bestätige ich, dass auch wirklich alle noch so kleinen Arbeiten endgültig erledigt wurden.

Danach unterzeichne ich das Formular, danke ihm und sehe ihm dabei zu, wie er in den LKW steigt und davonfährt.

»So, das war's dann«, sagt Ryan, als er auf mich zukommt. Er trägt immer noch seine Smokinghose und das gestärkte weiße Hemd, den Kummerbund hat er jedoch ebenso wie die Jacke bereits ausgezogen. Er sieht wirklich höllisch sexy aus, aber es sind seine nackten Füße, die mich echt umhauen. Es hat so etwas absolut Lässiges, wenn ein Kerl im Smoking und barfuß am Strand rumläuft. Ich kann nicht anders, als mich zu fragen, ob da nicht doch irgendetwas Diabolisches in Ryan Hunter steckt.

Falls ja, werde ich denn jemals diese Verworfenheit zu sehen bekommen?

»Keine Autos mehr in der Einfahrt«, fährt er fort, als ich versuche, mit meinen Gedanken wieder in der Realität zu landen. »Und ich habe eben die Rechnung für die Parkplatzfirma unterschrieben. Ich denke, jetzt ist alles unter Dach und Fach. Und super gelaufen.« Er lächelt langsam und unbefangen und zweifellos sexy. »Das war wirklich eine verdammt tolle Party.«

Ich lache. »Ich habe eben dasselbe gedacht.«

Mir verknotet sich der Magen etwas, und ich interpretiere das als Hungergefühl. Champagner macht nun mal nicht wirklich satt, und sicher habe ich beim stundenlangen Tanzen die Kalorien der von mir verschlungenen drei Stück Hochzeitstorte bereits wieder verbrannt.

Natürlich nehme ich es mit der Wahrheit wieder nicht besonders genau. Nicht der Hunger lässt meine Magennerven flattern, sondern Ryan. Ich stehe da und wünsche mir insgeheim, dass er mich einfach schon angefasst hätte. Gleichzeitig werde ich aber auch immer gereizter. Warum zum Teufel *hat* er mich noch *nicht* angefasst? Wir haben schließlich schon viel Zeit zusammen verbracht. Wir haben zusammen mit Freunden in Clubs getanzt. Wir haben uns dabei vielleicht nicht wirklich berührt, aber sind uns so nahe gekommen, dass verheißungsvolle Spannung in der Luft lag.

Einmal, als Damien Sicherheitsbedenken hatte, schickte er Ryan, um nach mir zu sehen. Ich trug damals einen winzigen Bikini und darüber ein hauchdünnes Strandkleid und sah echt heiß aus. Er machte aber keinerlei Anstalten. Letztendlich haben wir dann Stunden miteinander geredet. Das war fantastisch. Ich habe ihm sogar Eier gebraten, was für meine Verhältnisse so ziemlich mein Maximum an Häuslichkeit ist.

Ich bin mir sicher, dass ich mir das Knistern zwischen uns nicht nur eingebildet habe. Und dennoch hat er nie irgendwelche Anstalten gemacht. Ich kann das einfach nicht begreifen und das Ganze macht mir zu schaffen.

Eigentlich sollte ich mir auch gar keine Gedanken darüber machen — Ryan gehört schließlich nicht zu meinem Plan.

Er geht auf die Brandung zu, und ich halte mit ihm Schritt. Gleich, nachdem der Arbeiter die Tanzfläche weggebracht hatte, habe ich mich meiner Schuhe entledigt. Strand und Highheels vertragen sich einfach nicht, und der Sand unter meinen Füßen fühlt sich traumhaft an.

Ich liebe es, früh morgens am Strand entlang zu laufen. Es gibt dort so viel zu sehen — Möwen, die versuchen, ihr Frühstück zu ergattern; Wellen, die wie Milchschaum den Strand überziehen; sonnengebräunte und gestählte Bodys von Surfern in den 20igern auf der Jagd nach einem morgendlichen Wellenkick … Ein kleines Stück vom Himmel.

Heute Morgen wertet Ryan das ganze Szenario zusätzlich auf. Durch die hochgekrempelten Ärmel sieht man seine muskulösen Unterarme und, als er sich bückt, um eine hübsche, blasslila Muschel aufzuheben, bin ich richtiggehend fasziniert von seinen Händen. Sie sind groß und stark, aber die

Art wie sie die Muschel halten lässt mich vermuten, dass diese Berührung erstaunlich sanft sein würde.

Ich gehe schneller voran. Hey, solche Gedanken haben hier wirklich nichts verloren, aber in diesem Moment streckt er mir bereits seine Hand mit der Muschel entgegen. »Ein Souvenir«, sagt er. Und obwohl er dabei lässig lächelt, ist das Feuer in seinen Augen alles andere als unbefangen. Sein Blick ist scharf genug, um mich völlig zu durchdringen. Ich spüre meine Nackenhaare prickeln, und für einen kurzen Moment verschlägt es mir fast den Atem. »Ich möchte nicht, dass du nach Texas zurückkehrst und alles vergisst, was du zurücklässt.«

»Oh.« Meine Stimme ist plötzlich belegt. Ich nehme die Muschel zwischen meine Finger und streife dabei seine Handfläche. Die Berührung erschüttert mich bis in die Zehenspitzen, und ich warte darauf, dass er mich gleich an sich zieht, um mich zu berühren. Er soll verdammt noch mal endlich etwas tun und mich nicht so heiß und scharf herumstehen lassen.

Er rührt sich nicht vom Fleck — und der Ärger darüber bohrt sich wie ein stechender Schmerz durch die Mauer des Verlangens. Mit meiner Hand umschließe ich die Muschel und zwinge mich gleichzeitig, ebenso unverkrampft zurückzulächeln. »Danke.«

Gott sei Dank hat sich meine Stimme inzwischen wieder erholt, obwohl ich zugleich echt bewegt und unleugbar verärgert bin. Bewegt, weil die Muschel schön und die Geste wirklich zauberhaft sind. Gereizt, da ich unklare Signale von einem heißen Typen bekomme, der mich noch nicht einmal berührt hat und an dem ich im Grunde überhaupt nicht interessiert sein sollte.

Bei meiner Libido ist die Message hingegen noch nicht richtig angekommen, denn in mir drin knistert und brodelt es gewaltig. In Wahrheit war das mit dem Knistern und Brodeln schon so, seit ich Ryan das erste Mal getroffen habe.

Komm mal wieder runter Mädchen.

Ich atme tief durch und bete im Geist mein neues Mantra: *Plan. Texas. Neues Blatt. Neue Jamie.*

Ich gehe weiter, denn ich bin jetzt einfach zu zappelig, um einfach nur still dazustehen. »Fliegst du heute zurück?«, will er wissen und hält dabei mühelos mit mir Schritt.

»Ich fliege nicht, ich fahre.« Ich nehme die Verwirrung in seinem Gesicht wahr — Nikki saß in einem Meeting fest und hatte Ryan gebeten, mich vom Flughafen abzuholen. Das war vor etwas mehr als einer Woche. Noch eine Begegnung, die Knistern und Brodeln in mir auslöste, ohne dass er mich auch nur ein einziges

Mal berührte.

Ich muss mit diesen Hirngespinsten nun wirklich aufhören, sonst kriege ich noch Komplexe.

»Planst du zur Erholung einen kleinen Autokauf heute?«

»Nikki und Damien haben mir zum Geburtstag einen Wagen geschenkt«, murmle ich, weil ich aufgrund eines so außergewöhnlichen Geschenks immer noch etwas in Verlegenheit bin. Sicher nicht besonders außergewöhnlich für einen Typen wie Damien. Ich bin mir sogar ziemlich sicher, dass er einem sogar ganz Australien zu Füßen legen würde.

»Happy Birthday«, sagt Ryan in einem Ton, der mich glauben lässt, dass er sich verdammt gut als Geschenk eignen würde. Vorzugsweise mit einer großen roten Schleife an exakt der richtigen Stelle.

Ich räuspere mich und verbanne den Gedanken gleich wieder aus meinem Kopf. »Genau. Tja, eigentlich ist gar nicht mein Geburtstag. Sie wollten mir den Wagen einfach nur geben, weil mein Corolla schon bessere Zeiten gesehen hat. Ich habe ihnen zwar gesagt, dass ich das Geschenk nicht annehmen kann, aber dann meinte Nikki nur …« Ich verstumme mit einem Achselzucken.

»Sie ist eine gute Freundin.« Er geht nun durch

die Brandung und die Wellen umspielen seine Füße.

»Kalt«, sage ich und nicke in Richtung seiner Füße.

»Ein wenig.« Er legt seinen Kopf in den Nacken und mustert mich mit seinem Blick, bevor sich unsere Augen endlich begegnen. »Aber ich halte so Einiges aus, wenn es mich zu dem erwünschten Ziel bringt.«

Wow. »Gut so.« Ich schlucke und balle dann meine Hände zu Fäusten, damit ich mich nicht vorbeuge, ihn am Kragen packe und küsse. »Hm. Nun. Was ist es, das du dir wünscht?«

»Ich möchte natürlich mit dir am Strand entlang spazieren.«

Und da ist es wieder. Dieses *Knallen* und *Knacken.* Er nimmt meine Hand mit einer locker-leichten Bewegung. Dem Anschein nach freundschaftlich, aber in Wahrheit steckt so viel mehr dahinter.

Er ist intensiv, denke ich. *Stark. Still. Standhaft.* Jener Typ Mann, der weiß was er will, und sein Ziel auch systematisch und unerbittlich verfolgt.

Hat er es etwa auf mich abgesehen? Ich zittere ein wenig, als ich kurz in eine hübsche kleine *Verdammt in alle Ewigkeit* Fantasie hineinrutsche. Ich habe den Film eigentlich gar nicht gesehen, aber erinnere mich an die berühmte Sexszene in der Meeresbrandung und überlasse gerne meiner Fantasie das Auffüllen der Lücken.

»Du fährst aber heute nicht mehr nach Texas zurück, nicht wahr?« Er beobachtet mich scharf. Seine Augen sind unergründlich und so intensiv wie der Pazifische Ozean hinter uns. »Du hast die ganze Nacht durchgemacht und solltest kein Risiko eingehen.«

»Ich werde nicht zurückfahren«, sage ich, während ich mir ausmale, wie die Brandung mich umfängt und Ryans heißer Körper über mir liegt. »Ich bleibe über Nacht und breche gleich morgen früh auf.«

»Freut mich, das zu hören.« Seine Stimme ist weich wie Whiskey und ich frage mich, ob sie mich nicht auch ein wenig berauscht. »Ich würde mir echt Sorgen um dich machen.«

Ich stehe da, fühle alle möglichen Arten von Kribbeln in meinem Körper und warte, dass er in die Gänge kommt. Aber er rührt sich nicht.

Ich rede mir ein, dass es gut so ist.

Dann sage ich mir, dass ich eine verdammte Lügnerin bin.

Und schließlich erinnere ich mich wieder an meinen Masterplan.

Aber weißt du was? Steck dir den Plan sonst wohin. Der Plan ist schließlich für Texas gedacht. Ich meine, es steht ja mehr oder weniger bereits fest, dass Jamie Archer in Kalifornien ein heißes Desaster ist. Weshalb sollte ich also nicht ein allerletztes Mal mit diesem unglaublich unwiderstehlichen, sexy Typen, der mich ganz kribbelig macht, ein Desaster sein?

Abgesehen davon, dass dies keine Option zu sein scheint.

Denn Ryan rührt sich nicht von der Stelle. Ich ziehe kurz in Erwägung, meinerseits den ersten Schritt zu machen. Schließlich war ich noch nie zu schüchtern, mir all die Jungs zu angeln, die ich vernaschen wollte. Allerdings hat es mit Ryan den Anschein, als wäre mir das unmöglich, und das ist eigenartig. Ich fühle mich schüchtern und unbeholfen, obwohl ich sonst nie schüchtern oder unbeholfen bin!

Vielleicht sind das aber auch nur die Nachwirkungen meines Plans. Eine Restschuld sozusagen. Vorauseilende Rechtfertigung. Mein Unterbewusstsein versucht mir vermutlich zu verstehen zu geben, dass eine scharfe kalifornische Nummer, wenn die Initiative von ihm ausgeht, völlig in Ordnung ist. Dass ich ihm nachstelle, wäre jedoch gegen alle Regeln.

Und all das zusammen ist ein Haufen vermurkster und scheißkomplizierter Schwachsinn, aber lineares Denken war noch nie eine Stärke meines Unterbewusstseins.

Nichts wie ran!

Heiliger Mist, so schwer kann das nun ja nicht sein. Also wirklich! Als ich Kevin im 2. Jahr im Elitecollege bumsen wollte, habe ich ihn einfach in der Waschküche in die Enge getrieben, mit der Hand in seinen Schritt gefasst und ihn gefragt, ob er Lust hätte zu poppen. Weshalb also führe ich mich jetzt bei Ryan Hunter wie ein schwärmendes Schulmädchen auf?

Nun gut. In Ordnung. Ich stürze mich also hinein …

Ich räuspere mich. »Eigentlich ist es ja so«, sage ich und dann geht nichts mehr. Vielleicht, denke ich, nimmt er den Faden auf.

Dem ist nicht so. Er sieht mich nur an, unschuldig interessiert und verhalten neugierig zugleich. Sein Gesichtsausdruck ist nichtssagend, und doch habe ich klar den Eindruck, dass er sich amüsiert.

»Es ist nur, dass ich aus dir nicht wirklich schlau werde«, falle ich mit der Tür ins Haus.

»Wie meinst du das?«

»Wir hatten ja schon echt gute Zeiten zusammen, findest du nicht? Und ich habe gemerkt, wie du mich ansiehst.« Ich fahre mit der Zunge über meine Lippen und dabei hasse ich, wie nervös ich bin. »Ja, ich weiß, dass ich dich angesehen habe. Worauf willst du hinaus?«

»Worauf ich hinaus will?«

Ich lege meinen Kopf ein wenig in den Nacken und packe mein verführerischstes Lächeln aus. »Du hast nie versucht mich anzumachen«, sage ich mit einer Stimme, die deutlich macht, dass ich gerade jetzt dafür sehr empfänglich wäre.

»Nein«, sagt er, »das habe ich nicht.«

»Ach ja.« Ich mache einen mentalen Rückzieher. Mit dieser Antwort hatte ich nicht gerechnet. »Gut. Und warum nicht? Hast du einfach kein Interesse?«

»Im Gegenteil. Vielleicht bin ich einfach davon ausgegangen, dass du nicht interessiert bist.«

»Im Ernst?«

»Ich hatte dich schon eine ganze Weile im Visier Miss Archer. Und soweit ich das mitbekommen habe, bist du keineswegs schüchtern, wenn es darum geht, dich an einen Mann ranzumachen, wenn er dir gefällt.«

Ich nehme die Hitze in seiner Stimme wahr, kann jedoch nicht sagen, ob er es nun ernst meint oder mir nur etwas vorspielt. Ich weiß nur, dass ich immer mehr dahinschmelze, je länger er mich mit diesen unergründlichen blauen Augen ansieht und mit dieser melodiösen, sexy Stimme zu mir spricht. Bis ich Angst bekomme, dass ich mich auf der Stelle in Nichts auflöse und bei der nächsten Flut hinweggespült werde.

»Oh«, sage ich etwas dümmlich. Ich möchte

jetzt um Himmels willen, dass er mich anfasst. Ich war mit vielen Kerlen im Bett, aber ich glaube nicht, dass ich je so verrückt nach der Berührung eines Mannes gewesen bin.

Ich denke an meinen Plan. Und ich denke an einen Ausweg aus der Klemme.

Ich denke, der Ausweg besteht darin, dass er endlich in die Gänge kommt.

Und dann denke ich: *Zum Teufel damit. Greif einfach zu.*

»Also gut«, sage ich, als ich versuche meine verdammten Nerven in den Griff zu bekommen. Dann umklammere ich sein Hemd mit der Faust und rücke ihm näher. Er riecht nach Moschus und Begierde, ich atme tief ein, lass seinen Geruch in mich eindringen, mich wärmen. Nur wenige Zentimeter trennen uns. Es scheint, als würde die Luft zwischen uns vor Leidenschaft flirren.

Ich drücke meine andere Hand gegen seinen Oberschenkel und streichle langsam hinauf, hinauf, hinauf, bis ich seinen erigierten, stahlharten Penis streife. Meine Schenkel beben und mein Geschlecht zieht sich vor Verlangen zusammen. Ich spüre jeden Zentimeter meines Körpers, so als stünde ich unter Strom, lebhaft und Funken sprühend.

Wir passen in der Größe gut zusammen, und ich muss nur ein wenig auf den Zehenspitzen stehen, damit sich unsere Lippen berühren. Mit meiner Hand umfasse ich seinen stahlharten

Schwanz und fühle, wie er bei meiner Berührung zuckt. Ich höre sein Stöhnen und werde nur noch feuchter.

Seine Hände verwickeln sich in meinen Haaren und ziehen mich näher, während sein Kuss heftiger wird, er mich mit seinem Mund nimmt, immer tiefer geht und mich feucht macht. So unglaublich feucht, dass ich nur noch meine Hand in seine Hose gleiten lassen will, um ihn zu befreien, um mich dann in den Sand fallen zu lassen, mein Kleid hochzureißen und laut aufzuschreien, während er mich so heftig durchbumst, wie ich es noch niemals zuvor erlebt habe.

Als er mit seinem Mund von mir ablässt, ringe ich nach Luft. Ich verzehre mich vor Verlangen, meine Brüste schmerzen vor Hunger nach seiner Berührung und meine Möse pocht vor Begierde. Ich bin zügellos, zum Äußersten entschlossen und beim Anblick der Wildheit auch in seinen Augen, weiß ich sofort, dass dieser Morgen ein verdammt guter werden wird.

»In Ordnung«, sage ich erneut mit atemloser Stimme voll sehnsüchtigen Verlangens. »Das war nun meine Anmache.«

»Und das«, sagt er sanft, als er einen Schritt vor mir zurückweicht, »ist mein Nein.«

Kapitel Zwei

»NEIN«, SAGE ICH ins Telefon. »Der Mistkerl hat tatsächlich nein gesagt.«

Ich bin in der Gästesuite, meinem vorübergehenden Zuhause. Ich trage meine Kopfhörer und aale mich ausgestreckt auf meinem Bett, streichle träge Lady Miau Miau und blicke durch die Glastür hinaus auf den blütenweißen Sandstrand, auf dem ich eine tadellose Abfuhr erhalten habe. »Kannst du dir das vorstellen? Er hat mir glatt einen Korb gegeben.«

Nikkis Stimme dringt von irgendwo in Mexiko durch die Leitung an mein Ohr. »Eigentlich kann ich das gar nicht glauben. Ich habe ja mitbekommen, wie er dich ansieht, und dass er ernsthaft auf dich steht. Aber nun mal ehrlich Jamie. Was hast du dir zum Kuckuck nochmal eigentlich dabei gedacht, ihn als Erstes anzubaggern?! Ich dachte, du hättest eine Sexpause eingelegt?!«

Da ich meine komplexe Logik nicht wirklich meiner besten Freundin erläutern möchte, greife ich zurück auf Vernunft und Logik. »Weißt Du was? Ich bin eine Idiotin. Ich kann selbst nicht glauben, dass ich den ganzen Mist bei dir abgeladen habe. Und warum zum Teufel rufst du mich überhaupt an? Solltest du nicht Tag und Nacht mit Damien poppen, bis ihm die Lichter ausgehen?«

»Hab ich gemacht«, sagt sie mit einem Seufzen, das mich ganz eifersüchtig werden lässt. »Und ich erwarte in Kürze eine Wiederholung. Aber jetzt gerade telefoniert er auch. Wir fliegen heute Abend nach Paris, und er spricht gerade mit dem Piloten. Und da ich vor unserer Abreise in die Flitterwoche keine Gelegenheit hatte, mich von dir zu verabschieden, wollte ich dich kurz anrufen. Ich hab dich lieb, das weißt du doch. Außerdem bin ich so froh, dass du meine Trauzeugin warst. Von Damien soll ich dich daran erinnern, dass die Tankuhr am Ferrari defekt ist. Er wird dir noch eine E-Mail senden und dir sagen, wo du sie reparieren lassen kannst, wenn du nach Dallas kommst. Bis dahin solltest du aber den Kilometerzähler im Auge behalten und wieder tanken, nachdem du ungefähr den halben Tank verbraucht hast, in Ordnung?«

»Ich weiß. Er hat mir das bis jetzt mindestens

ein Dutzend Mal gesagt.« Der Wagen, den Damien und Nikki mir geschenkt haben, ist derselbe schnittige, sexy Ferrari, den ich zufälligerweise in San Bernardino zu Schrott gefahren habe. Zumindest dachte ich, dass ich ihn zu Schrott gefahren hatte. Allem Anschein nach hat Damien die besten KFZ-Chirurgen weltweit zugezogen, um das prachtvolle Stück wieder zum Leben zu erwecken. Ich war erschrocken und verblüfft zugleich, als Nikki und er mir den Ferrari schenkten. »Ich kann es immer noch nicht glauben, dass Ihr ...«

»Nun reicht's aber wirklich! Du liebst diesen Wagen. Und wir lieben dich. Ende der Story.«

»In Ordnung. Danke.« Ich kann praktisch hören, wie Nikki ihre Augen verdreht, und muss schmunzeln. »In Ordnung«, wiederhole ich und räuspere mich. »Und was soll ich in Bezug auf Ryan tun?«

Sie seufzt. »Verflucht nochmal, Jamie, ich wünschte, ich könnte dir diesbezüglich zu etwas raten. Ich mag Ryan — genau genommen mag ich ihn sogar sehr. Und wärst du nicht —« Sie schneidet sich selbst das Wort ab. »Weißt du was? Vergiss es.«

»Oh, nein«, sage ich. »So kommst du mir bestimmt nicht davon. Was auch immer du gerade eben sagen wolltest, raus damit. Ich weiß, dass ich absolut irre bin. Du wirst mir also sicher nichts wirklich Neues sagen.«

»Jamie.« Ihre Stimme klingt sanft und ein wenig traurig. »Ich mache mir nur Sorgen um dich, das ist alles.«

Ich verlagere meine Position auf dem Bett, weil ich mich irgendwie unwohl fühle. »Das weiß ich«, sage ich, als die Katze sich erhebt, gähnt und dann aus dem Zimmer tapst, offenbar desinteressiert an meinem Drama. »Genauso wie ich mich um dich sorge. Aber dafür hast du jetzt ja Damien.«

»Das heißt aber nicht, dass ich keine beste Freundin brauche«, sagt sie und anscheinend bin ich empfindlicher als ich dachte, denn eine Träne entwischt mir und rinnt meine Wange hinunter.

»Hör zu«, sagt sie behutsam. »Wir wissen beide, welche Chaostante ich bin, aber ich bin nicht die Einzige, die Narben hat, und mache mir Sorgen um dich. Ich mag Ryan«, fügt sie hinzu. »Aber ich will nicht, dass man dir weh tut. Und ebenso wenig will ich, dass du ihn verletzt.«

»Die Gefahr besteht für keine der beiden Seiten«, sage ich. »Für den Fall, dass Du den wichtigsten Punkt dieses Gesprächs nicht mitbekommen hast, er hat mich voll auflaufen lassen.«

»Steigere dich jetzt bloß nicht rein, okay?! Geh

nach Hause und versuche wieder einen klaren Kopf zu bekommen. Und bloß nicht ...«

»Was soll ich nicht?«

»Verfolge ihn bloß nicht, als wäre Sex eine Waffe oder so. Das musst du mir versprechen.«

»Das werde ich nicht«, sage ich. »Und das ist er auch nicht.« Ich lüge nicht. Ich habe Sex niemals als Waffe eingesetzt, nicht wirklich. Vielmehr als Schutzschild, um die Kontrolle zu behalten und die Kerle an der Leine zu haben. Sich amüsieren, das Spiel am Laufen halten. Nichts Ernstes daraus machen. Nichts Tiefergehendes.

Wenn man sie nämlich nicht über die Schwelle lässt, dann können sie einem auch nicht das Herz brechen.

»Ich hab dich lieb«, sagt Nikki und in diesen drei kleinen Worten schwingt uneingeschränktes Verstehen mit.

»Ich weiß«, sage ich. »Und ich schwöre, dass ich nichts tun werde, außer nach Dallas zurückzukehren. Ich brauche also weder eine Standpauke noch eine Ermahnung oder wie immer du es nennen willst. Tatsache. Und jetzt kümmere dich um dein Eheleben oder um irgendetwas anderes.«

»Das«, sagt sie, »ist eine fabelhafte Idee.« Ich lache und gebe ihr dann eine kurze Zusammenfassung der Geschehnisse am Strand, nachdem sie und Damien abgereist waren. Sie verspricht, mir von Paris eine SMS zu senden, damit ich weiß, dass die beiden wohlbehalten dort angekommen sind. Ich sage ihr, dass das nicht nötig ist. Ich habe bereits all ihre Hochzeitsfotos auf Twitter gesehen. Sicher werden die Paparazzi in Paris auch twittern.

Dann ist das Telefonat beendet und ich bleibe auf dem Bett zurück, während ich auf den verdammten Strand starre und mich wundere, weshalb zum Teufel Ryan einfach abgehauen ist.

Ja, ich bin wirklich so pathetisch.

Ich setze mich auf und bin sauer auf mich selbst. Es ist aus. Nichts mehr zu machen. Ryan ist schon lange weg — ich hatte am Strand gestanden und ihm dabei zugesehen, wie er zurück zum Haus ging. Ich wollte ihm nicht folgen. Man könnte das nun Verlegenheit oder Stolz nennen, aber ich lungerte noch mindestens eine Stunde draußen herum, bevor ich schließlich auch meinen Hintern zurück ins Haus bewegte, wobei jeder Schritt eine größere Anstrengung erforderte.

Komisch. Trotz all der mühevollen Arbeit rund um die Partyvorbereitungen und der Tatsache, dass ich die ganze Nacht getanzt, getrunken und gefeiert hatte, spürte ich zuvor überhaupt keine Müdigkeit. Und schon gar nicht, als Ryan plötzlich auftauchte und mit mir zum

Strand hinunter ging, als er sich ganz zu mir hin beugte oder als er meinen Körper vor Aufregung zum Prickeln brachte.

Ganz im Gegenteil. In seiner Nähe zu sein, war, als würde ich mir einen Energydrink reinziehen, der mir den Atem nimmt, mich auftankt und mich gleichzeitig ein wenig kribbelig macht.

Beziehungsweise es hatte sich so angefühlt, bis er verschwunden war. Jetzt könnte ich kollabieren. Ich bin hundemüde und total durch den Wind, obwohl ich mich so über Nikkis Anruf gefreut habe. Jetzt spüre ich einen dicken Brocken Traurigkeit in mir. Und ich fühle mich mutterseelenallein.

Als ich anfangs zum Haus zurückgegangen war, dachte ich, dass ich ihn dort vielleicht sehen würde. Das Haus war aber leer und alles war still. Deshalb sah ich in der Hauseinfahrt nach. Aber auch dort war keine Spur von einem Auto. Folglich ging ich wieder zurück ins Haus und stapfte erleichtert und verdrossen zugleich zurück in meine Gästesuite. Erleichtert, weil ich mich vorher offensichtlich zum Affen gemacht hatte. Und verdrossen, weil Ryan und ich ja im Rahmen der Hochzeitsfeierlichkeiten gemeinsam für den Empfang und die Gäste des Hauses verantwortlich waren. Wir hatten beinahe achtundvierzig Stunden eng zusammengearbeitet, und er hätte doch, bevor er abhaute, zumindest kurz mit mir abchecken können, ob wirklich alles erledigt ist.

Es ist alles erledigt. Er hätte aber nachfragen sollen.

Ich rede mir ein, dass es mir egal ist, ich einfach total ausgepowert und deshalb so empfindlich bin. Ich muss kurz ein Nickerchen machen. Ich brauche ein wenig Ruhe und Erholung. Ich werde mich an den Pool legen und dann eine Runde schwimmen. Am Nachmittag werde ich vielleicht in die Stadt fahren und in den kleinen Läden rumstöbern. Ich sollte meinen Eltern etwas Nettes mitbringen — vielleicht ein Bild für den Eingangsbereich oder etwas Hübsches für die Küche.

Im Anschluss werde ich mir dann noch was zu essen mitnehmen und eine Runde pennen. Ich werde mich über Nacht ordentlich ausschlafen. Am Morgen steige ich dann ins Auto und verziehe mich zurück nach Texas. Weit weg von Kalifornien, all den Versuchungen und dem verfluchten Ryan Hunter.

Das ist ein guter Plan. Ich ziehe mir also meinen Badeanzug an und suche mir etwas zu lesen. Erst kürzlich habe ich zum zweiten Mal *Rebecca* zu lesen begonnen, aber jetzt gerade bin ich nicht in der Stimmung. Ich schnappe mir lieber die

Cosmopolitan. Ich lächle ironisch. Vielleicht kommt mir ja der Artikel dieses Monats, wie man es anstellt, dass sich ein Mann im Bett absolut fantastisch fühlt, gerade recht für den Fall, dass ich Ryan jemals wieder begegne.

Wie alles was Damien in diesem Haus gestaltet hat, ist auch der hinter dem Haus liegende Pool ein wahres Schmuckstück. Er ist ein riesiger Infinity Pool, sodass man den Eindruck hat, als ginge er direkt in den Pazifik über. Natürlich gibt es auch einen Whirlpool, einen Wasserfall und eine Poolbar.

Das Wasser ist warm — und es fühlt sich gut an, bis zu den Schultern ins Wasser einzutauchen. Dann schließe ich meine Augen, tauche unter und verliere mich in der unheimlichen Stille des menschenleeren Beckens.

Zum Schwimmen habe ich aber keine große Lust. Deshalb tauche ich wieder auf, steige aus dem Pool und trockne mich mit dem Handtuch kurz ab. Ich mag das Gefühl von Nässe, lege mich auf den Rücken und genieße die sanfte Brise, wie sie über meine feuchte Haut streift.

Die Liege ist gepolstert und mit einem hübschen, integrierten Getränkehalter ausgestattet. Und da ich ja ohnehin ein kurzes Schläfchen einlegen wollte, mache ich einen Abstecher zum Minikühlschrank und hole mir eine Weinschorle heraus. Dann schnappe ich mir eine Liege unter der Pergola, damit ich zumindest ein wenig sonnengeschützt bin. Letztendlich mache ich es mir bequem, um zu lesen und zu entspannen.

Schon nach ein paar Seiten, die ich in der Zeitschrift geblättert habe, beginnen mir die Augen zuzufallen. Ich lasse die Zeitschrift auf den gefliesten Terrassenboden fallen und schließe die Augen. Nur ein kurzes Nickerchen denke ich bei mir, als ich in einen tiefen Schlaf falle und immer tiefer, tiefer und tiefer in meinen Träumen versinke.

Dort treffe ich ihn.

Ryan.

Ich stehe auf einem weiten, grünen Feld und, obwohl ich ihn nicht klar erkennen kann, weiß ich, dass er es ist, der dort in der Ferne steht. *Hunter,* der Jäger, denke ich. *Und ich bin seine Beute.*

Er pirscht sich an mich heran, seine Jeans sitzen tief auf seinen Hüften. Er trägt kein Hemd, und die Sonne brennt herab auf seine breiten Schultern und seinen schlanken, wohlgeformten Brustkorb. Ich bewege mich auf ihn zu. Ein unerklärbarer Drang zieht mich in seine Richtung.

Und dann steht er vor mir. Wir befinden uns jedoch nicht mehr auf dem Feld, sondern an einem Strand. Ich liege in seinen Armen und Orchesterklänge untermalen die Szene. Und da sind auch noch Nikki und Damien, die Beifall klatschen, während Ryan mich herum — und herum — und herumwirbelt, bis ich benommen zu Boden sinke.

Ich liege im Sand und die Wellen brechen über mir. Zelt und Orchester sind verschwunden. Es bleibt nur das Rauschen des Ozeans, der gegen den Strand tost. Ich nehme nur noch das Wasser wahr, wie es über mich hinweg spült.

Es ist nicht kalt, sondern warm, sehr warm. Ich strecke mich, fühle mich weich und wohlig und bedürftig — ich will seine Hände, seine Berührung. Und wie es in Träumen nun mal so ist, ist er da, sein strammer Körper über mir, sein Mund nimmt den Weg über meine Waden und Schenkel, immer weiter nach oben.

Ich zittere, da mir klar wird, dass ich zwar nackt bin, aber kein bisschen verlegen. Ich spreize meine Beine vor ihm und beuge mich nach hinten, als sein Mund meine Muschi umschließt. Er küsst mich dort so intensiv, so tief, dass mein Körper von einem Wonnehagel durchfahren wird. Seine Zunge spielt mit mir, wäscht mich, triezt meine Klitoris und bringt mich kurz vor den Gipfel, bevor er mit seinen Küssen hinauf zu meinem Bauch wandert und mich noch mehr martert.

Seine Hände streichen hart über meine Brüste, während seine Finger meine Brustwarzen kneifen und Stromstöße geradewegs in meine Genitalien fahren. Meine Möse krampft sich zusammen und verzehrt sich danach, ihn in sich zu spüren, während ich vor Verlangen nach mehr außer mir bin und stöhne.

Dann ist sein Mund auf meinem und ich verstumme, nehme seinen Geschmack wahr — und meinen. An meinen Beinen spüre ich seine Erektion, sein langes stählernes Glied, wie es fordernd gegen mein Geschlecht reibt.

Ich stöhne an seinem Mund, und er löst sich sanft von mir. Der Schock der Unterbrechung weckt mich unsanft. »Willst Du mich in dir spüren?«, haucht er und seine Stimme klingt noch in meinen Träumen. »Willst du, dass ich dich vögle?«

»Ja«, murmle ich, wenngleich der Schlaf mich langsam verlässt. »Oh, ja.«

Obwohl ich wach bin, hält mich der Traum noch irgendwie gefangen. Meine Muschi ist schlüpfrig vor Verlangen, und unter der Sonne, die auf mich herunterbrennt, fühle ich mich frei und sinnlich.

Ganz langsam, wie im Traum, lasse ich eine Hand an meinem Körper entlang nach unten streifen. Ich trage einen winzigen Bikini. Und als meine Finger über meine Brüste streifen, verschlägt es mir bei der Berührung meiner überempfindlichen Brustwarzen fast den Atem. Meine Finger wandern tiefer, meine Handfläche liegt flach auf meinem Magen, meine Muskeln zucken, während ich qualvoll langsam meinen Bauch hinunterwandere.

Er ist immer noch in meinem Kopf. *Hunter*, denke ich. Das gefällt mir. Es hat etwas Wildes. Heißes. Hunter wäre nicht weggegangen. Hunter hätte mich auf den Strand geworfen und mich genau dort gefickt. Dabei hätte es ihn nicht im Geringsten interessiert, ob vielleicht jemand entlangspaziert wäre.

Der Gedanke macht mich etwas gaga und ich presse meine Beine zusammen, während ich noch meine Hüften hin und her wiege. Die Bewegung lässt meine Hitze ein wenig abklingen, aber nicht genug. Ich brauche mehr. Ich brauche Ryan, die Fantasie.

Ich hebe eine Hand an meinen Brustkorb und schiebe meine Finger unter das Bikinioberteil, über meine angespannten Brüste, bis ich meine Nippel streife. Die Empfindung ist wundervoll und mein Körper wölbt sich ein wenig von meiner eigenen Berührung. Meine Brüste sind schwer und meine Brustwarzen spannen sich gegen die dünnen Stoffdreiecke meines Bikinitops.

Ich liebkose meine Brustwarze und höre auch nicht damit auf, als meine Hand immer tiefer gleitet, bis die Finger sich unter den Gummizug des Bikinihöschens schummeln. Ich lasse sie noch tiefer gleiten, bis zur heißesten Stelle. Ich keuche und mein Körper hebt sich bei dem süßen Stoß, der mich beim Streifen meiner Klitoris durchfährt.

Ich bin sehr nass, wild vor Begehren. Ich will jedoch nicht nur Erlösung, ich will den Mann.

Es gibt nichts zu leugnen — ich will Ryan Hunter. Und wenn ich ihn selber schon nicht haben kann, dann gehört er mir zumindest in meiner Fantasie.

Ich bewege meine Finger in kleinen, neckischen Kreisen, lasse die Lust anwachsen und biege mich, um die Spannung, das Verlangen zu steigern.

Ich beiße in meine Unterlippe und drücke meine geschlossenen Augenlider zu, als ich zwei meiner Finger in mich eindringen lasse, während sich mein Körper aufbäumt und sich vor unerfülltem Verlangen zusammenzieht. Ich bebe, wölbe und bewege mich, verzweifelt nach Befriedigung ringend.

Ich streife mein Bikinioberteil ab und befreie meine Brüste. Die warmen Sonnenstrahlen umspielen meine Nippel, und ich lechze vor Wonne. Ich nehme eine Warze zwischen zwei Finger und drücke zu, wodurch die Hitze geradewegs hinunter in meine überempfindliche

Klitoris schießt und mich aufschreien lässt.

Ich ziehe meine Hand zurück und fahre in immer schneller werdenden Kreisbewegungen über mein überreiztes Geschlecht, aber das ist nicht genug. Ich will begehrt werden, genommen. Ich möchte seinen Schwanz in mir spüren, nicht nur seine Hände auf meinem Körper. Und so verlasse ich meine schmerzenden, schweren Brüste, um meine Hand hinabgleiten zu lassen, tiefer und immer tiefer, bis ich nach Luft schnappe, als zwei meiner Finger auf meine Klitoris treffen, während ich es mir mit der anderen Hand selbst besorge.

Nein. Nicht ich.

Hunter.

»Ja«, raune ich, nicht sicher, ob meine Worte hörbar sind. »Oh Gott, ja.«

In meiner Vorstellung sehe ich ihn über mir, sein Blick sucht nach meinem. Ich kann seine Stimme hören, die mir sagt, dass ich für ihn kommen soll, mit ihm explodieren. Es ist sein Schwanz tief in mir, der immer weiter und härter eindringt, mich nimmt. Mich einfordert. Sich meiner bemächtigt.

»Hunter«, schreie ich, als ich meine Augen weit aufreiße, während seine — und meine — Finger noch tiefer in mich vordringen.

Und da ist er plötzlich.

Ich verkrampfe mich, erstarre, als Ryan Hunter vor mir steht und mich beobachtet. Das Feuer in seinen Augen ist so intensiv, dass ich mich frage, weshalb ich nicht darin verbrenne.

Kapitel Drei

ICH BEGINNE MEINE Hand herauszuziehen und erstarre bei seinem kurzen, entschiedenen *»Nein.«*

Mein Herz schlägt laut. Mein Gesicht erglüht. Ich schäme mich, bin gleichermaßen angeturnt und verstört. »Ryan«, sage ich. »Ich — was hast du —«

Ich verlagere mein Gewicht. Ich muss handeln. Verdammt, ich muss weg.

»Nein«, sagt er ein zweites Mal. Seine Stimme ist diesmal sanfter, jedoch ebenso entschlossen und ihre Kraft hält mich an Ort und Stelle. »Hör nicht auf. Komm mir zuliebe Jamie. Ich will dir dabei zusehen, wie du für mich hochgehst.«

Ich bin kurz davor, ihn zum Teufel zu schicken. Mir ein Handtuch umzuwickeln und ins Haus zu laufen.

Ich bin zumindest versucht, das zu tun. Aber nur, weil ich glaube, dass ich es tun sollte. Ich war jedoch nie ein Mädchen, das darauf geachtet hat, was es tun *sollte.* Mich interessiert einzig und allein, was ich *will.*

Und ich will das hier zu Ende bringen.

Ich will ihn hart machen, ihn um den Verstand bringen. Und ich bin mir sicher, dass er nahe dran ist. Das kann ich sogar aus dieser Entfernung klar erkennen. Die Wölbung in seinen Jeans. Sein angespannter Kiefer. Die Art wie er den Dekoknopf am Eingangstor, an dem er angelehnt steht, fest umschlossen hält.

Er ist genauso heiß wie ich. Und diese Erkenntnis macht mich mutig.

Als er mich am Strand zurückgelassen hatte, war ich etwas in Rage. Nun denke ich, ist es an mir, ihn in den Wahnsinn zu treiben. Ich fahre mit meinen Zähnen über meine Unterlippe, während mein Finger über meine pralle Klitoris streicht.

Dieses Spiel spiele ich schon seit Jahren.

Ich verstumme. Anstatt zu sprechen, halte ich meinen Blick fest auf ihn gerichtet, während ich mit meiner Hand immer tiefer nach unten rutsche. Ich bin feucht und schlüpfrig und die Anspannung in seinem Gesicht erregt mich nur noch mehr.

Ich stoße meine Finger hinein und halte mit den Hüften dagegen, als ich es mir selbst mit den Fingern besorge. Er sieht mir zu, begehrt mich.

Ich gleite meine Finger hinein und wieder raus,

reize mich, indem ich leicht über meine Klitoris reibe. Ich bleibe in Bewegung, atme schwer, meine Augen unablässig auf Ryan gerichtet, mein Mund ist offen, mein Atem geht schwer.

Meine andere Hand ziehe ich hoch, um meine Brust zu befummeln. Als ich damit beginne, höre ich, wie er nach Luft schnappt. Das Geräusch heizt mich nur noch mehr an, und als die Anspannung in mir ansteigt, schließe ich langsam die Augen.

»Nein«, sagt er. »Ich möchte deine Augen sehen. Ich möchte dich ansehen, wenn du kommst.«

Ich öffne meine Augen wieder und unsere Blicke verhaken sich ineinander. Er ist heiß. Er ist kraftvoll.

Er ist alles, was ich will, und ich fange an mich zu fragen, ob ich das Ganze heil überstehen werde. Ob ich in der Lage sein werde, der Stärke der Explosion, die sich in mir aufbaut, standzuhalten.

»Das ist es«, meint er. »Du bist nah dran. Herrgott, Jamie, kannst du dir vorstellen, wie steif ich bin? Wie sehr ich mich danach sehne, in dir zu sein?«

Ich stoße meine Finger in meine Möse und lasse die andere Hand nach unten gleiten, während meine Hüften sich heftig nach vorne schieben. Ich bin wild, schamlos und meine Augen weichen keine Sekunde von seinen. Nicht, als sich die Spannung aufbaut. Nicht, als die Funken zu sprühen beginnen. Nicht, als ich vor Erregung unter Strom stehe, immer stärker und stärker, bis ich nirgendwo mehr hin kann und aufschreie, da ich ein solches Maß an Leidenschaft unmöglich in mir behalten kann.

Ich halte seinem Blick stand, während Schauder meinen Körper durchfahren, das Zittern langsam verebbt und ich wieder auf dem Boden lande.

Ich blicke in seine Augen und denke, dass zum ersten Mal jemand in mein Herz geblickt hat.

Ich liege da, meine Atmung ist flach, als Ryan mit großen Schritten voller Kraft und Entschlossenheit auf mich zukommt. Sein Gesichtsausdruck ist hart, seine Augen flackern. Meine Lippen sind leicht geöffnet und ohne zu denken, beuge ich den Rücken, sodass sich mein Körper seinem nähert, als würde ich ihn stumm bitten, mich zu berühren.

Er streckt seine Hände jedoch nicht nach mir aus. Stattdessen bleibt er neben der Chaiselongue stehen und schaut auf mich herab. Sein Blick wandert langsam und mit einer süßen Behutsamkeit über mich, dass ich vor Aufregung zittere und mein Körper bebt, als wäre es die Antwort auf seine Berührung.

»Sag mir«, sagt er. »An wen hast du eben gedacht?«

»An niemanden«, sage ich, wenngleich ich weiß, dass er die Lüge durchschaut.

»Lüg mich nicht an Kätzchen. Ich mag das nicht.«

Ich fahre mit der Zunge über meine Lippen. »Ich habe mich wohl in dir getäuscht«, fange ich an zu sticheln. »Ich dachte, du wärst ein netter Kerl. Ich habe dir auch früh am Morgen mal Spiegeleier serviert, erinnerst Du Dich? Ich hätte es nie für möglich gehalten, dass der sympathische Typ, mit dem ich gefrühstückt habe, jemals —«

»Jemals was?«

»Dass er mir dabei zusehen würde, wie ich es mir selbst mit den Fingern besorge«, sage ich frei heraus.

»Zusehen?« wiederholt er, während er tiefer kommt und sich auf den Rand meiner Liege setzt. Seine Hüfte berührt dabei die nackte Haut meiner Taille und lässt mich seine unmittelbare Nähe mehr als deutlich spüren. »Ich habe nicht nur zugesehen Liebes.« Er hebt meine Hand und streichelt sie langsam, was mich nur noch verrückter macht.

»Ich habe mir vorgestellt, dass das meine Finger wären. Dass ich deine Haut gestreichelt habe und unter deinen Anzug vorgedrungen bin.«

Während er das sagt, schiebt er meine Hand auf meinen Bauch und legt dann seine eigene Hand flach auf meinen Handrücken, bevor er unsere vereinten Hände vorsichtig nach unten manövriert.

»Hast du eine Ahnung, wie hart ich geworden bin, als ich daran dachte, wie glitschig du warst und wie eng deine Muschi war?« Er führt zwei meiner Finger in mich ein. Ich halte vor Lust und Erstaunen den Atem an, während er sie tiefer und tiefer hineinpresst.

»Bitte«, bettle ich, weiß jedoch überhaupt nicht, worum ich bitte. Ich bin ein wildes Durcheinander von Gefühlen, scharf und außer Kontrolle. Ich will kommen. Explodieren. Ich möchte seine Hände auf meinem ganzen Körper spüren.

»Ja, so ist es gut«, sagt er, als ich mit meinen Hüften frech stoße. Ich will mehr. Ich will alles. »Oh, ja! Das gefällt dir, stimmt's Kätzchen?«

»Ja«, flüstere ich. »Oh Gott, ja.« Dabei ist mir diese Frau ziemlich fremd — dieses Mädchen, das beim Klang einer Männerstimme dahinschmilzt, die sich seinen Launen unterwirft. Die Jamie, die ich kenne, behält die Kontrolle, indem sie den Schwanz eines Mannes fest im Griff hat und ihn damit wie an der Leine herumführt. Aber diese Version von Jamie — oh, mein Gott! Alles was diese Jamie will, ist sich der Lust völlig hinzugeben.

Er triezt mich aber nur. Eine traurige Tatsache, die mir klar wird, als er meine Finger herauszieht und unsere miteinander verbunden Hände wieder voneinander löst. Dann führt er meine Hand an seine Lippen und ich zerfließe abermals, als er meinen Finger in seinen Mund nimmt und bewusst intensiv daran saugt und leckt, sodass ich das fordernde Drängen bis hinunter in meine Klitoris spüre.

»Bin ich nicht ein netter Kerl?«, fragt er und lässt meine Hand los. »Ich weiß nicht Jamie. Ich denke, das musst du entscheiden. Wenn du einen netten Kerl brauchst, dann bin ich ein netter Kerl. Aber ich denke, jetzt gerade brauchst du etwas anderes.«

Ich versuche zu sprechen, aber es hat den Anschein, als würde ich es nicht zuwege bringen. Ich schlucke und probiere es nochmal. »Was ich brauche?«

Er sagt jedoch nichts und lächelt nur. Offen gesagt hat er mich in ein so wirres und emotionales Chaos gestürzt, dass ich nicht einmal mehr weiß, ob ich ihn jetzt küssen oder ihm eine Ohrfeige verpassen will.

Ich bin äußerst ungern durcheinander und mein Unbehagen macht mich wagemutig. Ich stütze mich auf meinen Ellbogen ab. »Welches verdammte Spiel spielst du eigentlich?«

»Wer sagt denn, dass ich spiele?«

»Ich sage das.«

Er neigt seinen Kopf zur Seite. »In Ordnung. Warum?«

»Soweit ich mich entsinnen kann, hast du mir am Strand eine Abfuhr erteilt. Und nun bist du da.«

»Ja«, sagt er. »Hier bin ich.«

»Ryan.«

Er schüttelt den Kopf und streicht mir dann mit dem Finger über mein Kinn. Es ist eine vertraute, fast süße Geste, die mich kopfscheu macht. »Du hast mich schon Hunter gerufen, bevor du überhaupt wusstest, dass ich zusehe. Das hat mir gefallen.«

»Ryan«, sage ich erneut mit fester Stimme. »Welche Scheißshow ziehst du hier wirklich ab?«

Er sieht mich so lange an, dass ich beginne mich zu fragen, ob diese Szene jetzt nicht einfach abgedreht ist und ich nicht besser wieder ins Haus gehen sollte. »Weißt du, weshalb ich nein gesagt habe?«, sagt er schließlich.

Ich schüttle den Kopf.

»Weil ich dich beobachtet habe Jamie. Ich habe dich beobachtet und begehrt. Ich möchte dich küssen, dich berühren. Ich möchte es mit dir treiben, Jamie, aber ich will auch noch viel mehr als das.«

»Was?«, frage ich hypnotisiert von seinen Worten.

»Alles«, sagt er knapp. »Ich möchte dich festbinden und dich durchbumsen, bis du um Gnade winselst. Ich möchte dich mit meiner Handfläche bearbeiten, bis dein Hintern knallrot ist, denn wir beide wissen, wie ungezogen du warst. Ich möchte, dass du so schnell und heftig kommst, dass du schreien musst, und dann alles nochmals von vorn.«

Ich lecke mir die Lippen, während mein Körper vor Erwartung bereits prickelt.

»Anders formuliert«, fährt er fort, »Ich möchte, dass du mir ausgeliefert bist, mein Kätzchen. Und ich habe vor, dich zum Schnurren zu bringen.«

»Kätzchen?« wiederhole ich. »Willst du mich etwa zähmen?«

»Im Gegenteil. Ich mag dich wild. Aber ich will nicht, dass du gehst«, sagt er entschlossen. »Ich werde nicht zu jenen Männern zählen, die du einfach wegwirfst.«

Er sieht mich an und sein Gesichtsausdruck ist streng. Das ist jener Mann, der für die Sicherheit eines milliardenschweren Konzerns verantwortlich ist; ein Mann, der bekommt, was er will.

»Aber nun raus mit der Sprache Jamie«, sagt er. »Willst du, dass ich dich ficke? Oder soll ich augenblicklich verschwinden?«

Kapitel Vier

JEDER FUNKEN MEINES Selbsterhaltungstriebs gibt mir zu verstehen, dass ich am besten auf schüchtern machen und mich zieren sollte. Dass ich darauf beharren sollte, keine Ultimaten zu akzeptieren, ihm zu sagen, dass ich verdammt nochmal weiß, dass er mich genauso sehr will, wie ich ihn.

Mit anderen Worten: die Macht wieder zurückgewinnen.

Ich mache es nicht.

Ich kann das Risiko nicht eingehen, dass er mich auf die Probe stellt und einfach weggeht.

Es ist nämlich so, dass ich diesen Mann verflucht nochmal haben will.

Ich kenne alle Gründe, warum ich nein sagen sollte — weiß aber auch, dass ich es nicht tun werde.

Denn genau hier und gerade in diesem Augenblick spüre ich in meinem Innersten, dass ich diesen Mann mehr begehre als je einen Mann zuvor in meinem Leben. Zum Teufel ja, mehr als irgendetwas anderes zuvor.

»Jamie«, sagt er. »Was willst du?«

»Ja«, flüstere ich.

»Ja, was?«

Ich stehe langsam auf. Dann neige ich meinen Kopf, damit ich ihn direkter ansehen kann. »Ja, alles«, sage ich. »Du möchtest, dass ich dir ausgeliefert bin? Das ist bereits geschehen.«

Pures Verlangen steht ihm im Gesicht. Ich drücke meine Hand gegen seinen Brustkorb, bevor ich sie über seinen glatten, durchtrainierten Oberkörper gleiten lasse. »Fick mich Ryan Hunter. Ich möchte, dass du es mir auf der Stelle besorgst.«

»Gut«, sagt er, stellt sich hinter mich und hakt mein Bikinioberteil auf. »Das hört sich ja ziemlich gut an.«

Das Top hängt lose runter, und er kommt näher, um behutsam meine schulterlangen Haare hochzuheben und die Masche in meinem Nacken zu lösen. Ich versuche zu atmen, habe aber anscheinend vergessen, wie das geht.

Das Oberteil fällt von meinem Körper. Mit meinem Blick verfolge ich es, wie es zu Boden fällt und neben meinen Füßen landet. Ich hebe den Blick und schaue in Ryans Augen. Sie sind blaue Flammen, bereit zu verbrennen.

»Das Höschen«, sagt er mit einer Stimme, die so angespannt vor Lust, dass sie mir fremd erscheint. »Zieh es aus.«

Ich schlucke und führe dann meine Hände vorsichtig an meinen Hüften entlang, wobei meine Finger sich unter den Stoff schieben und den knappen Slip nach unten streifen. Ich lasse ihn zu meinen Fesseln fallen und trete dann heraus. Ich atme schwer und spüre jedes noch so kleine Härchen auf meinem Körper. Jede winzige Schweißperle auf meinem Nacken. Meine Brustwarzen sind hart und die Haut darum herum gerunzelt. Ich bin feucht, und weil ich in der Intimzone gewachst bin, weiß ich, dass er bemerkt, wie geil, angespannt und bereit ich bin.

Er senkt seinen Blick hinunter zu meinen Füßen und führt ihn dann wieder langsam an meinem Körper hoch. Ich versuche still zu stehen, aber seine eingehende Betrachtung fühlt sich an wie eine Liebkosung. Und als seine Augen auf meinen Genitalien verweilen und er vor Lust und Verlangen dumpf aufstöhnt, kann ich mich nur zwingen, nicht selbst Hand anzulegen, um etwas von der angestauten Spannung abzubauen.

Sein Blick gleitet weiter nach oben, macht kurz auf meinen Brüsten Halt und haftet dann auf meinem Gesicht. »Du bist atemberaubend«, sagt er. »Ich mag es, dich so erregt zu sehen. Es facht das Feuer in dir noch weiter an.«

»Du löst das aus«, sage ich.

»Ich mag das auch«, entgegnet er.

Ich befeuchte meine Lippen und warte darauf, dass er mir sagt, was ich tun soll. Er bleibt jedoch stumm. Ich versuche der Stille standzuhalten, aber es gelingt mir nicht. »Bitte«, sage ich.

»Bitte was?«

»Bitte berühr mich.«

Er wirft den Kopf zur Seite, so als würde er die Idee in Erwägung ziehen, dann nickt er kurz. »Leg dich auf die Chaiselongue«, sagt er. Und als ich das mache, schüttelt er den Kopf. »Nein. Mit dem Gesicht nach unten. Und spreize deine Beine«, befiehlt er. »Ich möchte sehen, wie feucht du bist. Wie sehr du dich nach mir verzehrst.«

»Sehr«, gebe ich zu und komme seiner Forderung nach.

Ich lag schon oft nackt herum. Sogar in diesem Haus, als Nikki und ich alleine hier waren und uns nahtlos bräunen ließen. An etwas Sexuelles hatte ich dabei aber nie gedacht. Da war nur ich. Nur Haut.

In diesem Moment empfinde ich sogar die Sonne auf meinem Kreuz als erotisch. Und als Ryan an meine Seite kommt und dann mit seinem Finger sanft von meiner Ferse, über Wade und Schenkel bis über meine Pobacken hin zu meinen

Schultern fährt, befürchte ich vor Lust fast zu sterben. »Warte. Beweg Dich nicht.«

Ich tue wie befohlen, schummle aber ein wenig, indem ich meine Beine etwas mehr spreize. Ich will, dass er alles von mir sieht, dass er mich begehrt. Aber noch mehr als das möchte ich die Sonne zwischen meinen Beinen spüren. Hitze auf Hitze, Feuer im Feuer.

Er ist ziemlich schnell wieder hier, jedoch ohne irgendeine Erklärung. Als er sich neben mich setzt, sehe ich, dass er Sonnenöl geholt hat. Er spritzt etwas davon auf meinen Rücken und ich zucke von dem plötzlichen Kitzeln überrascht zusammen. Die Empfindung verblasst aber in dem Moment, als seine Hände mich mit langen, langsamen Bewegungen zu streicheln beginnen und meine Haut erhitzen, Düfte von Kokosnuss und Vanille liegen in der Luft.

Er verwöhnt jeden Zentimeter meines Körpers, bearbeitet meine Finger, indem er jeden einzelnen von ihnen auf eine so erotische Art streichelt und daran zieht, dass jede Liebkosung in meinem Geschlechts ankommt, das pocht und jeden Augenblick mehr und mehr will.

Er streichelt meine Schultern mit innigen, wohltuenden Bewegungen, massiert meine Taille, die Hüften und sogar meinen Arsch. Er gleitet jedoch nicht weiter hinunter — berührt mich nicht dort, wo ich mich so verzweifelt nach Berührung verzehre. Anstatt dessen wandern seine Finger noch tiefer, meine Schenkel werden glitschig, dann konzentriert er sich auf meine Waden, meine Fersen und mein Fußgewölbe.

Mein Atem geht schnell und flach. Ich drehe und winde mich und bettle ihn stumm, seine aalglatte, ölige Hand zwischen meine Beine zu schieben. Er aber quält mich bewusst und ignoriert meinen Wink. Dafür beugt er sich tiefer und streift mit seinen Lippen über mein Ohr, um mir mit sanfter Stimme zu sagen, dass ich mich umdrehen soll.

Ich folge seiner Aufforderung und zwinge mich, vor lauter Lust und Verlangen mich nicht aufzubäumen, als er behutsam aber entschieden das Öl zuerst auf meinen Brüsten, dann auf meinem Unterleib und schließlich sachte über mein Schambein verreibt.

»Ich mag es, dass du gewachst bist«, sagt er. »Ich liebe es, deine Haut zu sehen. Zu sehen, wie du errötest. Zu beobachten, wie erregt und prall du bist. Ich wette, dass du dich auf meiner Zunge glitschig anfühlst. Und jetzt«, fügt er hinzu, während er seine ölverschmierte Hand zwischen meine Beine schiebt, »wette ich, dass du nach Kokos schmeckst.«

»Weshalb findest du das nicht selbst raus?«,

frage ich ihn und meine Worte sind wie ein zarter Lufthauch.

»Vielleicht«, sagt er und rückt dann ans Ende der Liege, schiebt meine Beine grob auseinander und begräbt seinen Mund zwischen ihnen. Seine Zunge stößt tief in mich hinein.

Der Wechsel von langsam und träge zu heftig und wild kommt so unerwartet, dass ich mich vor Überraschung aufbäume. Ich verliere mich ganz in den Wogen der Wonne und Lust, die in mir immer größer und ungestümer werden.

»Ja«, säusle ich, während ich mich ihm entgegenwinde, ihn noch tiefer in mir spüren will, will, dass er mich aussaugt und mich bis zum Gipfel bringt. »Ja, Hunter, oh Gott, ja.«

Aber dann, kurz bevor ich explodiere, macht er einen Rückzieher und hinterlässt eine Spur von Küssen an der Innenseite meines Schenkels.

»Nein«, protestiere ich. »Bitte hör nicht auf!«

»Ich werde nicht aufhören Kätzchen. Ich will dich auf jede erdenkliche Art nehmen und mehr als das. Setz dich auf«, ordnet er an. Als ich seinem Wunsch nachkomme, schält er sich aus seinen Klamotten.

Ich beobachte ihn fasziniert, wie er aus seinem Schlüpfer steigt, der sich durch die Erektion mächtig dehnt. Sein Glied ist lang und dick und perfekt, sodass ich mir reflexartig mit der Zunge über die Lippen fahre. Er bemerkt das und zieht eine Augenbraue hoch. »Interessant«, sagt er. »Willst Du an meinem Schwanz lutschen?«

Mein eigenes Geschlecht zieht sich bei diesen unverblümten, simplen Worten vor Lust zusammen. »Ja«, antworte ich und stelle mir dabei vor, wie er sich anfühlt, wonach er schmeckt. Ich male mir aus, wie sein Körper sich zusammenzieht und vor Erregung bebt, bezwungen von meiner Macht, ihn zum Höhepunkt zu bringen.

»Gut«, sagt er. »Ich habe jetzt aber andere Pläne.« Er sitzt auf der Kante der Liege. »Komm her. Und jetzt dreh dich um«, sagt er, als ich mich zu ihm wende. Ich drehe mich um und aus meinem Augenwinkel sehe ich, wie er sich nach unten beugt und nach einem Kondom greift. Er rollt es sich über, nimmt mich daraufhin bei den Hüften und manövriert mich vorsichtig rückwärts.

»Gib deine Knie auf die Chaiselongue«, befiehlt er. »Knie dich über mich.«

Ich werfe einen kurzen Blick nach hinten und befolge dann seine Anweisungen. Es ist mir peinlich, mich auf die Liege und dann rittlings auf ihn zu setzen. Seine Hände halten jedoch meine Hüften fest umschlungen, und als ich über ihm grätsche, spüre ich die Spitze seines Penis, wie sie gegen mich stößt. Ich winde mich, will ihn nur noch in mir spüren.

»Mach weiter«, sagt Ryan. »Nimm mich. Nimm mich ganz.«

Ich fasse mit der Hand zwischen uns und führe seinen Schwanz in meine Scheide. Dann senke ich meinen Körper ab. Er fühlt sich unglaublich an. Ich gehe hoch und nieder und helfe dabei mit den Knien nach, auf und ab an seinem Penisschaft. Er ist dick in mir, diese Stellung wird nur noch lustvoller, als er seine Hand von meiner Hüfte nimmt und gleichzeitig mit meiner Klitoris spielt.

Ein Beben erschüttert meinen Körper und ich werde immer schneller und schneller. Meine Hände greifen nach meinen Brüsten und als er seine Hand von meiner Klitoris wegnimmt, schreie ich laut protestierend auf, denn ich will unbedingt, dass wir zusammen kommen.

»Schon gut. Fass dich selbst an«, sagt er. Und sogar während er spricht, spüre ich seinen Finger auf meinem Po, von hinten. Er hört auch dann nicht auf, als mein Finger meine Klitoris anturnt und sein Schwanz mich völlig ausfüllt.

Ich bin überwältigt. Ich bin nur noch Lust, Empfindung, Zügellosigkeit und wildes Verlangen.

»Hunter«, schreie ich, während ich immer schneller an ihm pumpe, der Druck in mir zunimmt, ich das tiefe Erbeben in seinem Innersten spüre. »Hunter.« Ich rufe seinen Namen.

Dabei explodiert die Welt um uns, und er ergießt sich in mir.

Ich falle nach hinten über ihm zusammen, und er zieht mich eng an sich, wobei seine Hände meine Brüste umfangen, sie streicheln und sanft beruhigen. »Das war's Kätzchen. Oh Gott ja, das war perfekt.«

Wir bleiben einen Moment lang so sitzen und dann lässt er uns vorsichtig herab auf die Liege, unsere Körper immer noch verbunden. Ich atme schwer, bin ausgepowert, zufrieden und übermütig. Sanft küsst er meinen Rücken und meine Schultern, und ich glaube, dass ich in diesem Moment den Himmel gefunden habe.

»Ich bin noch nicht fertig mit dir«, raunt er, als ich gerade im Begriff bin in den Schlaf zu gleiten. Augenblicklich bin ich wieder wach.

»Nein?«

»Oh nein«, sagt er. »Ich habe noch Einiges mit dir vor. Mit deiner Möse. Mit deinem Mund.« Er zieht sich jetzt halbweich aus mir heraus, dreht sich um und mir zu. »Aber nur, wenn du auch mehr willst. Ich könnte es Tag und Nacht mit dir treiben. Wenn du also aufhören willst, dann musst du es mir sagen.«

»Nein«, flüstere ich. »Hör nicht auf. Bitte. Hör niemals auf.«

»Schläfst Du in der Gästesuite?«

Ich nicke.

»Geh hin und warte dort auf mich.«

Das mache ich und trotte barfuß und nackt in das Zimmer, das bei jedem Aufenthalt hier mein Zuhause ist. Niemals zuvor habe ich mich hier unwohl gefühlt, jetzt ist das aber der Fall. Ich weiß nicht, wo ich mich hinsetzen oder was ich machen soll. Ich weiß nicht, was er von mir erwartet. Ich weiß nur, dass ich ihm gefallen möchte, weil ich will, dass das hier niemals endet.

Ich fühle mich ungezähmter als jemals zuvor mit einem Mann und möchte auch weiter gehen als jemals zuvor. Das macht mich verletzlich und daran bin ich überhaupt nicht gewöhnt.

Mit Hunter finde ich aber Gefallen daran.

Letztendlich lege ich mich aufs Bett. Ich möchte ihn sehen lassen, wie sehr ich ihn brauche. Wie angeturnt ich bin. Ich spreize meine Beine und gleite mit der Hand über mein Geschlecht. Dann schließe ich meine Augen und stelle mir vor die Hand wäre seine.

»Das ist aber ein hübscher Anblick«, sagt er, als er nur wenige Minuten später den Raum betritt. Er ist immer noch nackt, trägt aber nun einen aufgewickelten Strick über seiner Schulter. In seiner Hand hält er ein Glas mit Wein.

Ich versuche den Strick nicht zu beachten — versuche nicht an seine Ausführungen zu denken, wie er mich fesseln wollte.

Nicht weil es mir Angst macht, sondern weil es mich erregt.

Er nippt am Glas und gibt es mir dann. Auch ich trinke davon. Den Wein zu teilen fühlt sich herrlich vertraut an.

Ich hole tief Luft und meine Augen gleiten in Richtung Strick. Trotz allem was ich schon probiert habe — und das war Einiges — hat mich noch nie ein Kerl gefesselt. Nikki würde es damit begründen, dass ich normalerweise den aktiven Part übernehme, mir meine Kicks hole und Dampf ablasse, weshalb ich auch die Kontrolle behalten muss. Ehrlich gesagt hat sie damit vermutlich Recht.

Aber mit Ryan … na ja, mit Ryan gefällt es mir, dass er die Regie übernimmt. Es gefällt mir sogar sehr.

Ich befeuchte meine Lippen und hoffe, dass ich keinen zu bereitwilligen Eindruck mache. »Also«, sage ich.

Er lächelt bedächtig und träge und wunderbar sexy. »Also«, wiederholt er.

»Bindest du mich jetzt ans Bett?«

»Nicht wirklich«, sagt er mit einer Art lustvollen Verschmitztheit, die ein Ziehen tief in meinem Bauch verursacht. Sein Kopf nickt in Richtung Bett. »Knie dich für mich hin.«

Ich blicke auf den Strick, dann aufs Bett. Danach folge ich seinem Befehl. »Ist das — ich meine bist du —«

»Ob ich auf BDSM stehe? Ob ich der Herr bin? Ob ich will, dass du meine Sub bist?«

Ich blinzle. *Nun gut. Wenn er schon damit anfängt* … »Ähm, ja. Ich meine, ist es so? Bist du?«

Sein Lächeln scheint etwas belustigt, ein wenig überheblich. »Ich liebe es, die Kontrolle zu haben, Kätzchen. Ich liebe es, Vergnügen zu bereiten und Vergnügen geschenkt zu bekommen. Ich mag es, wenn ich eine Frau an ihre Grenzen bringen kann. Was mich betrifft, bin ich der Ansicht, dass zwischen zwei Erwachsenen, die sich einig sind, alles möglich ist. Die ganzen Etikettierungen sind mir scheißegal. Aber es stimmt Jamie. Ich möchte dich festbinden. Ich möchte dich gefesselt sehen, ich will dich mein machen. Sag mir jetzt also, ob du das auch willst?«

Mein Mund ist trocken, aber irgendwie gelingt es mir, die einzig mögliche Antwort rauszubekommen. »Ja.«

Ich habe den Eindruck, ein Flackern der Erleichterung in seinen Augen zu sehen. Und aus irgendeinem Grund beruhigt diese unbedeutende Reaktion meine Nerven. Er will mich — will das — ebenso, wie ich es will, und urplötzlich wird mir klar, dass was immer ich aufgebe, ein auf

Gegenseitigkeit beruhendes Geschenk an ihn ist.

Er macht einige Schritte auf mich zu und hält den Strick in seinen Händen. »Weißt du, was Bondage so lustvoll macht?«

»Die Unterwerfung«, sage ich und kleide damit meine Gedanken in Worte. »Sich im Willen des anderen zu verlieren. Sich seinen Berührungen vollkommen auszuliefern. Ihm absolut zu vertrauen.« Ich neige meinen Kopf, um ihm direkt ins Gesicht zu sehen. »Und für dich ist es zu wissen, dass dir eine Frau schutzlos ausgeliefert ist und du verantwortlich für ihre Lust bist. Für ihren Schmerz. Dass du sie scharfmachen und quälen kannst.« Zittrig hole ich Luft. »Spann mich nicht auf die Folter Hunter. Ich will dich zu sehr.«

»Und ich dich«, sagt er, drückt gleich darauf seine Lippen auf meine und küsst mich zärtlich.

Dann stellt er sich hinter mich. Ich knie mich hin und er bindet meine Fußgelenke aneinander, bevor er mich auffordert, meine Hände am Rücken übereinanderzulegen, besser gesagt auf meinem Hintern, sodass ich eigentlich fast schon auf meinen Händen sitze. Er verschnürt meine Handgelenke und verbindet daraufhin meine gefesselten Fußgelenke mit Hilfe eines Stücks Strick mit meinen gefesselten Handgelenken.

Es ist nicht so, dass ich irgendetwas davon sehen könnte, aber ich fühle nahezu alle seine

Handlungen, den Rest erklärt er mir. Was ich aber nicht weiß, ist, was er nun, da ich rundum verschnürt bin, für mich auf Lager hat. Als er sich jedoch wieder vor mich stellt, sage ich ihm, was ich will. »Du«, sage ich. »Ich will dich in meinem Mund.«

In dieser Stellung bin ich überwiegend vorgebeugt, und er kniet vor mir. Sein Glied ist steif und riesig. Ich denke mit Begierde, dass ich ihn ganz und gar in mich aufnehmen kann. Dass ich ihn ganz brauche.

»Ist es das, was du willst?«, fragt er. »Warum?«

»Vielleicht möchte ich dich einfach nur an den Rand des Wahnsinns treiben«, sage ich und das Verlangen setzt mir immer mehr zu.

»Du möchtest, dass ich dir ausgeliefert bin?« Ich kann das Lächeln in seiner Stimme wahrnehmen.

»Ja«, sage ich. »So ist es.«

»Wer bin ich, um mit einer so entschlossenen Frau zu streiten?«

Er kniet bereits vor mir und fasst mich an den Haaren. Meine Stellung ist zwar wackelig, aber ich rücke nach vor und berühre dabei die Spitze seines Penis mit meiner Zunge. Er stöhnt und ruft meinen Namen, wodurch ich kühner werde.

Ich ziehe ihn in mich hinein, saugend und leckend, kostend und neckend, und weiß durch die

Art, wie er meinen Kopf hält und wie seine Hüften in meinen Mund stoßen, dass es richtig war. Immer wieder war er es, der mich in den Wahnsinn getrieben hat. Jetzt bin ich an der Reihe.

Ich sauge, reize und spiele mit der Zunge mit seiner Schwanzspitze. Er dringt tief in mich ein, aber jemandem einen zu blasen war nie ein Problem für mich, weshalb ich ihn ganz in mich aufnehme, jeden Zentimeter, und mir wünsche, auch meine Hände mit ins Spiel bringen zu können. Ich möchte ihn anfassen, ihn dabei ansehen. Ich will wissen, dass ich ihm etwas von der Lust, die er mir bereitet hat, zurückgebe.

Und dann, mit einem tiefen Stöhnen und einem leisen Aufschrei »nein, noch nicht«, zieht er sich heraus. Ich vernehme seinen flachen Atem und, als ich meinen Kopf hebe, um ihm ins Gesicht zu blicken, sehe ich Leidenschaft in seinen Augen.

Ich fahre mir mit der Zunge über die Lippen und genieße seinen Geschmack, während er wiederholt: »Noch nicht«, wobei seine Stimme diesmal gefasster ist. »Ich werde in dir kommen«, sagt er, und mein Körper zieht sich bei seinen Worten zusammen. »Ich werde dich zur Explosion bringen.« Er streicht mir übers Haar, als er sagt: »Ich bin sauber, aber ich werde ein Kondom benutzen, wenn du willst.«

Ich schüttle den Kopf. »Nein. Bitte. Ich möchte dich spüren.«

Er antwortet mit einem Lächeln, bevor er hinter mich rückt, seine Hände meinen Po streicheln, während seine Küsse eine Spur über meinen Rücken ziehen. »Geh mit dem Kopf nach unten«, sagt er. »Ich möchte deinen Arsch in der Höhe sehen.«

Ich komme seinem Wunsch nach und er streichelt mich, indem seine Hände über meine Pobacken gleiten. »Hast Du Spielzeug?«, fragt er.

»Nicht viele«, sage ich. »Etwas Öl, das ich gekauft habe, als wir Nikkis Goody Bag geholt haben.«

»Wo?«

Ich deute auf den Nachttisch und er holt sich das Zeug. Es ist irgendein erregendes Pfefferminzöl. Er schmiert es auf meine Klitoris und lacht, als ich mich gleich beklage, dass ich nichts spüre, — denn bald winde ich mich wegen der intensiven, prickelnden Empfindungen. Ich bin unglaublich feucht. Und da seine Finger meine Klitoris reizen, raste ich ein wenig aus.

»Ich werde dich jetzt ficken«, sagt er, bevor er in mich hineinstößt. Er ist tief drin und ich stöhne vor Lust, als er mich ganz ausfüllt. Ich wiege meinen Körper rückwärts, um noch mehr von ihm zu bekommen. Als ich das mache, zieht er mich an sich und seine freie Hand greift nach meiner Taille. Dann schiebt er seine Hand nach unten und neckt mich dort, wo unsere Körper verbunden sind, bevor er seine schlüpfrigen Finger hinauf zu meinem Hintern gleiten lässt. »Ich möchte dich auch hier«, sagt er. »Hast du schon mal?«

Ich schüttle meinen Kopf. »Nur mit Spielzeug«, sage ich, während mich das Gefühl von Öl auf meiner Klitoris und seine Hand auf meinem Arsch beinahe an meine Grenze bringen. Ich spüre, wie ich erröte. »Das hat mir gefallen.«

»Ich werde mir das merken«, sagt er. »Gerade — ich denke, dass ich eben etwas zu weit gegangen bin. Herrgott Jamie, was stellst du bloß mit mir an.«

Dann stößt er wieder, tiefer und schneller, und dabei neckt und triezt er meine Klitoris, während die Wirkung des Öls mich in die Stratosphäre befördert. Ich halte meinen Atem an, bereit den Höhepunkt über mich hinwegfluten zu lassen, verlange danach zu explodieren, mich von dem Mann ganz ausfüllen zu lassen.

Dann, mit einem letzten Stoß, ruft er meinen Namen und ergießt sich in mir. Seine Hand presst gegen meine Klitoris und der neuerliche Druck lässt mich über ihm zusammenkippen, schneller und immer schneller, bis es keinen Ausweg mehr gibt und er uns beide aufs Bett fallen lässt.

Ich bin immer noch gefesselt, ein eng geschnürtes Paket, und sein Körper wölbt sich um meinen. Ich atme tief, in meinem Kopf wenig mehr als Brei, mein Körper wie flüssig. »Mein Gott Hunter. Du hast mich völlig geschafft.«

»Nein«, sagt er. »Du hast mich klein gekriegt. In dir brennt ein loderndes Feuer Kätzchen. Und ich möchte mit dir darin verbrennen.«

»Kätzchen«, wiederhole ich mit traumverlorener Stimme. »Warum Kätzchen?«

Er kichert. »Ich finde, das passt zu dir.« Er küsst mich auf die Schulter. »Du bist so weich und warm und eindeutig verspielt. Ich sollte aber auf die Krallen Acht geben.«

Ich muss ein Lachen unterdrücken. »Ja«, sage ich. »Das musst du.«

Wir liegen einen Moment so da, dann löst er meine Fesseln. Ich strecke mich und genieße die Bewegung, während er nach der Fernbedienung auf dem Nachttisch greift und den Knopf drückt, um die elektrischen Jalousien herunterzufahren.

Dann zieht er die Bettdecke über uns beide und hält mich fest im Arm.

Ich schmiege mich in der Löffelchenstellung dicht an ihn, spüre seine warme Brust an meinem Rücken und seinen halbharten Schwanz an meinem Hintern. Er umfängt mich mit seinem Arm und drückt mich an sich.

Ich denke, daran könnte ich mich gewöhnen.

Ja, ich könnte mich verdammt noch mal an ihn gewöhnen.

Ausgenommen von meinem kurzen Nickerchen am Pool habe ich die letzten zwei Tage fast nicht geschlafen und bin völlig erschöpft. Ich schließe meine Augen, fühle mich warm und zufrieden, liebevoll benutzt. Und schließlich lasse ich mich vom Schlaf forttragen.

Kapitel Fünf

ALS ICH BLINZELND meine Augen öffne, weiß ich nicht, wie viel Zeit vergangen ist. Es muss sehr wenig gewesen sein, denn wir befinden uns immer noch in derselben Position. Die behutsame Sanftheit, die mich in den Schlaf gelockt hatte, ist verschwunden und an ihre Stelle ist etwas Kaltes, Panikartiges getreten.

An meine Träume kann ich mich nicht mehr erinnern, aber ich bin mir verdammt nochmal sicher, dass mein Unterbewusstsein mir seine manikürten Fingernägel so richtig fest in meinen Hintern gerammt hat.

Ich möchte ihn nicht aufwecken. Deshalb hebe ich ganz sachte seinen Arm und schiebe mich darunter hervor. Er rührt sich nicht. Also sitze ich noch einen Moment auf der Bettkante und beobachte ihn. Sogar im Schlaf geht eine Kraft von ihm aus, und er sieht wirklich so verdammt gut aus, dass ich den lieben langen Tag hier sitzen bleiben und seinen Anblick in mich aufsaugen könnte.

Dank ihm fühle ich mich wundervoll — sinnlich, sexy, besonders. Es geht aber nicht nur um Sex. Ryan Hunter hat etwas Gewisses —die Art, wie wir uns verbinden — das ein Lächeln auf mein Gesicht zaubert. Wir passen zusammen. Das war schon immer so, auch ohne Berührungen und Bumserei.

Ich glaube, ich mag ihn.

Mehr als das, ich könnte ihn lieben.

Der Gedanke lässt einen Unterton von Panik aufkommen und treibt ihn in die Höhe. Meine Haut wird dadurch kalt und gereizt.

Das letzte Mal, als ich auf einen Typen reingefallen bin, wurde mein Herz herausgerissen und auf ihm herumgetrampelt. Bryan Raine, ein narzisstisches Arschloch, der ein wesentlicher Auslöser für meinen Masterplan war. Ein Mann, der mich zuerst einkassiert und dann auf die Schippe genommen hat.

Zugegebenermaßen ist Bryan Raine es nicht einmal wert, Ryan die Stiefel zu lecken, aber wenn ich der Sache auf den Grund gehe, dann hat meine Panik nichts mit Ryan zu tun, sondern mit mir.

Ich hab's vermasselt.

Egal, wie unglaublich die letzten paar Stunden waren — egal welche herrlichen Gefühle er in mir ausgelöst hat — ich hab's total verbockt. Genau wie mit Raine. Genau wie mit so vielen Typen davor.

Ich meine, verflucht nochmal, dass ich einzig und allein nach Hause hätte fahren sollen, um mein Chaos auf die Reihe zu kriegen. Und dann steht da plötzlich so ein heißer Typ vor mir und sagt, dass er mit mir ins Bett will. Und ich beginne gleich zu hecheln wie eine läufige Hündin.

Pathetisch.

Frustriert und verärgert über mich selbst stehe ich auf. Mein Telefon liegt auf dem Nachttisch und auf dem gesperrten Bildschirm kann ich erkennen, dass ich einen Anruf verpasst habe. Ich nehme das Telefon mit ins Bad. Dort höre ich meine Mailbox ab. Der Anruf ist von Georgia Myers, der Programmdirektorin eines an die Fernsehanstalt, bei der ich in Dallas vorgesprochen hatte, angeschlossenen Senders.

Ich höre zu und mein Herz pocht schneller und immer schneller, als sie mir den Job anbietet.

»Ich weiß, dass Sie derzeit nicht in der Stadt sind. Trotzdem hoffe ich, dass Sie sofort mit der Arbeit beginnen können. Das ist ein wenig ungewöhnlich, aber unsere PR-Verantwortliche war früher in Los Angeles stationiert und hat Kontakte zur Filmbranche. Sie wissen vielleicht, dass das neue Derrick Johnson Movie in Las

Vegas gedreht wird«, fügt sie hinzu und bezieht sich dabei auf den angesagtesten neuen Regisseur der Stadt. »Wir haben die Erlaubnis, einige der Schauspieler zu kontaktieren. Für einen Regionalsender ist das ein großer Coup, und wir sind voll Begeisterung über diese Chance.«

Sie fährt fort und bittet mich um meinen Rückruf. Ich soll ihr mitteilen, ob ich den Job annehme, und ob ich, sollte das der Fall sein, so schnell wie möglich nach Vegas kommen könnte. Sie wird in der Zwischenzeit herausfinden, wer von den Schauspielern zu einem Interview bereit ist und mir dann das Recherche-Material mailen.

Das Herzklopfen in meiner Brust nimmt zu, während sich die Beschaffenheit meiner Panik verändert. Tatsache ist nämlich, dass es sich um eine wirklich verdammt sagenhafte Chance handelt, die ich auf keinen Fall in den Sand setzen möchte.

Das werde ich auch nicht, denke ich bei mir. *Ich kann nicht.*

Ich kann den Job übernehmen. Ich mache mich gut vor der Kamera. Mit Leuten zu reden ist genau mein Ding. Das ist die Art von Arbeit, die ich haben möchte. Die Art Job, die ich brauche.

Es ist die Art von Tätigkeit, bei der ich mich beweisen kann — und die Art von Job, die mich geradewegs nach Los Angeles führen kann, wenn ich erst mal klar Schiff gemacht habe.

Mit anderen Worten gesagt ist Stufe eins meines Masterplans somit bereits von der Liste gestrichen.

Ich renne aus dem Bad und brenne darauf, Ryan davon zu erzählen. An der Tür reiße ich mich schnell zusammen. Was zum Teufel mache ich eigentlich?

Ich könnte mich daran gewöhnen, dachte ich ja gerade noch, als ich kurz zuvor das Bett verlassen hatte.

Und das war verdammt noch mal auch die Wahrheit. Ich *könnte* mich daran gewöhnen. Er hat sich schon in meinem Kopf eingenistet und mich völlig aus meiner Mitte katapultiert. Er ist bereits die erste Person, der ich die guten Neuigkeiten anvertrauen wollte.

Oh Gott. Oh Gott. Ich habe wirklich gehörigen Mist gebaut. Ich hätte abhauen sollen. Hätte nein zu ihm sagen sollen.

Ich bin aber nun mal eine gottverdammte Niete, die nicht einmal ihren eigenen Entschlüssen treu bleiben kann. Die sich so in eine Männergeschichte verstrickt, dass sie ihrem eigenen Weg nicht mehr folgen kann.

Und noch schlimmer ist, dass ich ihn auch noch die Kontrolle übernehmen lasse. Ich lasse ihn mir nahekommen. Ich habe meine

Schutzschilde heruntergefahren und mich völlig ergeben.

Ich habe ihm die Möglichkeit gegeben, mich zu verletzten — und ich weiß verflucht nochmal nur zu gut, dass er das irgendwann auch tatsächlich tun wird.

Das ist immer so.

Wie konnte ich es nur so vermasseln? Ich war fest entschlossen, allen Versuchungen standzuhalten und mein Leben in Ordnung zu bringen und gehe nun in den Überresten all meiner falschen Entscheidungen unter.

Ich blicke auf den Mann, der tief und fest im Bett schläft. Ich weiß, was passiert, wenn er aufwacht. Er wird mich trösten und mir sagen, dass alles in bester Ordnung ist. Er wird meine Wunden mit Küssen heilen, und noch bevor ich wieder zu mir komme, wird er auf meinem Rücken sein und sein Schwanz in mir, und mein Job, mein Plan einfach vergessen.

Ich sage mir, dass ich stark genug bin, um alldem zu widerstehen. Dass ich es ihm sage und dann einfach davongehe.

Ich weiß es aber besser. Ich will ihn — seine Berührungen, seine Küsse. Falls er aufwacht, werde ich bleiben.

Und ich werde mich — und ihn — dafür hassen.

Ich mache kehrt, orientierungslos, und taumle zurück zum Waschtisch im Bad. Ich halte meine Tränen zurück und starre auf mein Spiegelbild. »Tu doch was«, sage ich zu dem Mädchen, das mir entgegensieht. »Bring das in Ordnung.«

Und so mache ich das Einzige, was mir in diesem Moment in den Sinn kommt, ich laufe davon.

Kapitel Sechs

ES TUT MIR *leid.*

Das war alles, was ich auf den Zettel geschrieben habe, den ich am Nachttisch hinterließ. Ich wollte mehr schreiben, aber es fällt mir nicht leicht, die Worte zu sagen. Noch schlechter bin ich darin, meine eigene Psyche zu analysieren.

Ich bin mir sicher, dass *ich gehen musste — ich muss meinen Scheiß geregelt kriegen.* Ihm zu sagen, dass *er mir eine Heidenangst einjagt,* wäre vermutlich nicht der beste Ansatz gewesen, selbst wenn es der Wahrheit entspricht.

Ich bin nun zwei Stunden gefahren und die Sonne ist schon vor Langem hinter den Bergen von San Bernardino untergegangen, die sich in meinem Rückspiegel abzeichnen.

Ich bin sang — und klanglos geflüchtet und trage lediglich die Jeans und das T-Shirt, die ich im Bad zurückgelassen hatte, sowie meine Handtasche und mein Telefon. Ich war mit einem Koffer nach Kalifornien gekommen und meine Suite war übersät mit Einkaufstüten. Ich habe mich aber nicht damit aufgehalten, denn es wäre unmöglich gewesen zu packen, ohne Ryan zu wecken.

So bin ich also einfach weggerannt. Ich wusste ja nur zu gut, dass ich am folgenden Morgen Gregory, Damiens Bediensteten, anrufen konnte. Er würde meine Sachen zusammensammeln und sie dann zu meinen Eltern nach Texas schicken.

Was den Job in Vegas angeht — nun ja. Ich hatte noch Make-up in meiner Tasche, aber ich dachte, da muss ich jetzt durch und mir neue Klamotten besorgen. Ich schätze, das lief unter Einkaufstherapie. Und obwohl ich wusste, dass ich meine Kreditkarte mit dieser Tour ohne Zweifel ziemlich belasten würde, war es immer noch günstiger als ein paar Sitzungen beim Therapeuten.

Ich habe den Ferrari genommen, den Damien für mich in seiner beeindruckenden Tiefgarage abgestellt hatte. Beim Verlassen von Malibu musste ich mich wirklich konzentrieren, denn ich neige dazu, mich im Straßengewirr zu verfahren. Sobald ich aber die Schnellstraße erreicht hatte, begannen meine Gedanken um Ryan zu kreisen. Um meinen Abgang.

Um die Gefühle, die er in mir ausgelöst hat.

Zweimal wollte ich zum Telefon greifen, zog

dann aber meine Hand ruckartig zurück, noch bevor meine Finger wirklich zupacken konnten. Als ich ein drittes Mal meine Hand danach ausstreckte, ergatterte ich es, schaltete es aus und warf es ins Handschuhfach.

Aus den Augen, aus dem Sinn. Damit konnte ich aber nur den Drang ihn anzurufen unterdrücken, die Gedanken und Erinnerungen, die in meinem Kopf ihr Unwesen trieben, konnte ich so jedoch nicht auslöschen. Der Gedanke an seinen Mund auf meinem Körper, seinem Schwanz in mir. Der Ausdruck in seinem Gesicht, als er mich voll Zärtlichkeit ansah. Meine Ermahnungen an mich selbst, fortzulaufen und mich von ihm zu lösen. Ryans ernste Behauptung, dass ich ihm wild gefalle, er mich aber nicht gehen lassen würde.

Aber ich bin gegangen — zum Teufel, ich bin mehr als nur gegangen. Ich bin weggerannt.

Und jetzt, wie ich so unterwegs bin, zweifle ich meine Handlungen nochmals ganz an.

Verdammte Scheiße.

Ich habe meinen eigenen Gedanken nun zwei Stunden lang volle Aufmerksamkeit geschenkt und habe die Schnauze voll davon. Ich werfe einen Blick in den Rückspiegel, um mich zu vergewissern, dass ich das einzige Auto auf diesem Abschnitt der Interstate 15 bin, hole dann mein

Telefon aus dem Handschuhfach und schalte es wieder ein.

Ich fummle am Radio herum, bis ich endlich herausfinde, wie ich die Hilfsfunktion einstellen und dann auf Bluetooth umstellen kann. Noch ein paar Änderungen, dann starte ich eine Jamsession mit einer der vielen Play Lists, die ich auf meinem Handy gespeichert habe. Eine Mischung aus klassischem und modernem Rock und dazu ein paar Heavy Metal Songs, um ein wenig Pop in den Mix zu bringen. Die Musik ist laut und stürmisch genug, um mich nicht denken zu lassen — und genau das will ich.

Wenn man bedenkt, wie dicht besiedelt Los Angeles ist, dann ist dieser Teil Kaliforniens wie ein Kulturschock. Ich bin vor mindestens einer halben Stunde an Barstow vorbeigefahren und habe seither nur einen einzigen anderen Wagen auf der Straße gesehen. Erst vor kurzem sah ich ein Schild, auf welchem die Stadt Yermo angekündigt wurde. Die Stadt muss sich aber abseits des Highways befinden, denn als ich im Dunkeln an ihr vorbeifuhr, sah ich nichts als den langen schmalen Tunnel meiner eigenen Scheinwerfer.

Ehrlich gesagt ist es ein bisschen komisch.

Ich bin schon mehrmals von Los Angeles nach Las Vegas gefahren, und so weiß ich mehr oder weniger, wo ich mich befinde, und dass ich noch ungefähr zwei Stunden durch absolutes Niemandsland fahren muss, bevor ich in den Glanz der Metropole Vegas eintauchen kann, der den Nachthimmel erhellt. Demnach werde ich kurz nach Mitternacht dort eintreffen und das ist o.k. für mich. In der Stadt wird es noch hoch hergehen. Ich kann mir dann ja Frühstück in einem Diner holen und im Anschluss ein Nickerchen machen.

Dank Sex und meinem kurzen Schläfchen bin ich wieder zu Kräften gekommen, aber nun beginne ich wieder zu schwächeln. Ich habe alle Mühe wach zu bleiben so mitten im Dunkeln und fühle mich irgendwie verloren in der scheinbar endlosen Hölle der nächtlichen Mojave-Wüste.

Das Auto ruckelt ein wenig. Meine Stirn legt sich in Falten, und ich frage mich, ob ich vielleicht gerade über Geröll gerattert bin. Als es erneut ruckelt, schalte ich die Musik ab, damit ich richtig denken kann. Ich werfe einen prüfenden Blick in den Rückspiegel, kann aber nichts erkennen, weil alles zappenduster ist.

Ich nehme meine Hände vom Steuer. Da der Ferrari aber immer noch geradeaus fährt, schließe ich eine Reifenpanne aus. Er ruckelt wieder und wird dann langsamer. Ich drücke aufs Gaspedal, aber das hilft nicht. Automatisch wandern meine Augen zur Tankanzeige, der Tank ist jedoch noch fast zur Hälfte voll, weshalb das Problem woanders liegen muss. Vielleicht hat es mit der Elektrik zu tun? Oder eventuell —

Mist.

Damien hatte mich mindestens eine Million Mal vor der defekten Tankanzeige gewarnt. Und auch Nikki hatte mich heute Morgen nochmals daran erinnert. Wie es aussieht, genügte ein umwerfender Kerl, um alle nützlichen Fakten aus meinem Kopf zu entfernen.

Jetzt werde ich auf die Pannenhilfe warten müssen, was natürlich Ewigkeiten dauern kann.

Ich lenke den Wagen auf den Pannenstreifen, behalte meinen Fuß aber am Gaspedal. Ich gebe mich der widersinnigen Vorstellung hin, vielleicht doch noch einen Minimarkt, eine Tankstelle oder ein Fünfsternehotel zu finden. *Irgendetwas.*

Als der Ferrari aber sein letztes Lebenszeichen von sich gibt, verfolge ich den Lichtstrahl meiner Scheinwerfer und sehe absolut gar nichts. Ich blicke nach rechts und nach links und hoffe, das Flackern des Lichtscheins eines Hauses oder Geschäfts zu entdecken.

Nichts.

Und es nähern sich weder Scheinwerfer von hinten, wenn ich in den Rückspiegel schaue, noch kommen Autos auf mich zu, die in Richtung Westen zur Küste fahren.

Verflixt.

Allem Anschein nach stecke ich fest. Ist das nicht echt toll?

Ich parke den Wagen, schalte den Motor aus und die Warnblinkanlage ein. Dann greife ich zum Telefon und suche meine Kontakte nach der Servicenummer des Automobilclubs ab. Als ich jedoch die Nummer wählen möchte, schlägt der Anruf sofort fehl. Ich fluche vor mich hin und starte den nächsten Versuch. Erst als auch der neuerliche Anruf daneben geht, werfe ich einen Blick auf die Signalstärke meines Telefons.

Keine Verbindung.

Was zum Teufel soll das? Wie kann es keine Verbindung geben? Wir sind verdammt nochmal in Amerika, wo jeder inklusive Hund ein Handy besitzt und es auch verwenden will. Und Spaß beiseite. Ist nicht einer der Hauptgründe, warum man ein Handy hat, der, dass man im Notfall jemanden anrufen kann? Und trotzdem halten es die da oben nicht für nötig, Handymasten in furchterregenden, menschenleeren Gegenden unseres Landes aufzustellen, in denen hilflos festsitzende Frauen einen Anruf tätigen müssen, damit sie nicht in einem Ferrari auf das nächste vorbeifahrende Auto zu warten haben, das — vielleicht gerade von einem geilen Psychopaten gelenkt werden könnte?

Ich atme aus, bin stocksauer und schlage mit meiner Handfläche gegen das Lenkrad. Dann öffne ich die Wagentür und überlege, einfach loszumarschieren.

Ich schließe aber die Tür unverzüglich wieder und versperre sie, denn mein Marschplan ist so blöd, blöder geht's nicht. Vor allem jetzt, da sich sexgeile Psychopaten in meinem Gehirn eingenistet haben.

O.K. Gut. Das ist kein Problem.

Nun ja, es ist eins. Es ist aber nicht unüberwindbar.

Ich ziehe mein Handy nochmals raus und starre auf den Bildschirm, so als würde dadurch wie von Zauberhand ein Signal erscheinen.

Da ich aber nicht über magische Kräfte verfüge, passiert nichts. Auf jeden Fall öffne ich mein SMS-Programm. Irgendwo habe ich gelesen, dass man für Kurzmitteilungen kein starkes Signal benötigt und sich die Stärke, die von einem Mobilfunkmast ausgeht, ständig ändert. Wenn ich also eine SMS versende, dann findet sie vielleicht irgendwann ein Signal und flattert an ihr Ziel.

Es gibt offensichtlich Gründe, weshalb ich Schauspielerin und nicht Technikerin geworden bin. Ich glaube aber, dass es, wenn es schon nichts nützt, auch nicht schaden kann.

Ich öffne also die SMS-App und starre aufs

Telefon. Die erste Person, die mir beim Gedanken eine SMS zu schreiben in den Sinn kommt, ist Ryan. Und wie zum Teufel soll ich das jetzt bloß formulieren? *Sorry, dass ich dich sitzen gelassen habe. Bitte komm und rette mich.*

Irgendwie passt das nicht für mich.

Ich überlege mir also, die SMS an Sylvia zu senden. Das ist Damiens Sekretärin, mit der Nikki und ich uns befreundet haben, aber ich bin mir ziemlich sicher, dass sie mir dann vermutlich Ryan schicken wird. Er ist immerhin für die Sicherheit bei Stark International zuständig. Evelyn Dodge, meine Freundin und Pseudoagentin, wäre auch eine gute Wahl, aber zufälligerweise weiß ich, dass sie und ihr Lover Blaine gegen Mittag einen Abstecher nach Manhattan gemacht haben.

Ich sage mir selbst, wie dumm ich doch bin, und dass Ryan zwar sicher wahnsinnig zornig sein wird, mich aber gewiss nicht im Stich lassen würde. Schließlich bin ich ja doch die beste Freundin der Frau seines Chefs. Auch wenn er also nicht selbst kommen sollte, wird er zumindest jemand anders vorbeischicken.

Nebenbei besteht natürlich auch die Möglichkeit, dass die SMS nie ans Ziel kommt.

Ich denke kurze Zeit darüber nach und entscheide mich dann doch für die Nachricht.

Sorry, dass ich mich aus dem Staub gemacht habe, aber

ich brauche Hilfe. Stecke auf der 15 gleich nach Yermo fest. Bitte?

Ich lese die Message nochmal durch und drücke dann auf »Senden«, noch bevor ich meine Meinung ein weiteres Mal ändern kann. Dann setze ich meine Kopfhörer auf, schalte meine Musik wieder ein, lehne mich in meinem Sitz zurück und warte.

Sollte nichts geschehen, dann werde ich sicher am Morgen gerettet. Erstens wird der Verkehr dann zunehmen, und zweitens kommt vielleicht sogar die Autobahnpolizei vorbei.

Wie sich jedoch zeigt, muss ich gar nicht so lange warten.

Es sind nicht einmal fünf Minuten vergangen, als ich in meinem Rückspiegel Lichter aufblitzen sehe. Ich stelle die Musik ab und beobachte den Wagen, wie er sich nähert. Ich kann nicht genau sagen, welche Art Fahrzeug es ist. Alles, was ich sehen kann, ist der grelle Lichtschein, während es näher und näher herankriecht und sich jetzt im Schneckentempo vorwärtsbewegt.

Das Fahrzeug befindet sich immer noch auf dem Highway, steuert dann aber nach rechts und fährt auf den Pannenstreifen, auf dem es dann gemächlich weiterfährt, bis es direkt hinter mir zum Stehen kommt.

Ich erwarte, dass der Fahrer die Scheinwerfer

ausschaltet, aber er oder sie tut es nicht. So sitze ich nun da in meinem Bitte-stiel-mich-jetzt-Ferrari mit Lustmolchen im Kopf.

Mein Puls beginnt nun schneller zu schlagen und ich verfluche mich, dass ich den Wagenheber nicht aus dem Kofferraum geholt habe. Im Wageninneren gibt es nämlich kein einziges gottverdammtes Ding, das ich als Waffe benutzen könnte, es sei denn, ich möchte jemanden mit meinem iPhone bewusstlos schlagen.

Ich bin erstaunt über so viel Naivität und verpisst über meine eigene Dummheit. Ich war zuvor durch Barstow gefahren, wo sich die Tankstellen aneinanderreihen, und versuchte so angestrengt nicht zu denken, dass ich nicht dachte. Und hier bin ich nun, gefangen in einem Auto und ein Serienkiller direkt hinter mir.

Ich kontrolliere erneut das Telefon, das jedoch immer noch kein Signal zeigt.

Scheiße.

Ich sehe, wie sich die Tür des Wagens hinter mir öffnet und jemand aussteigt. Ich denke, es ist ein Mann, obwohl ich im Dunkeln durch meinen Rückspiegel nur Umrisse erkennen kann.

Ich prüfe nochmals, ob meine Türen auch verriegelt sind, und bin erleichtert, als ich feststelle, dass alles sicher ist.

Jetzt nähert er sich meinem Wagen. Da er im

Scheinwerferlicht seines Wagens auf mich zusteuert, erscheint er nur als Schatten eines Mannes. Ich versuche, mich zu beruhigen und rede mir ein, dass es sich wahrscheinlich nur um einen barmherzigen Samariter handelt. Die meisten Serienmörder sind ja auch nicht auf der Autobahn unterwegs.

Ich weiß es. Ich glaube es und trotzdem habe ich die Hosen voll. Bin angsterfüllt, dass Ryan meine SMS bekommt und zwei Stunden später hier eintrifft, um mich misshandelt, blutüberströmt und mausetot vorzufinden.

Hör auf damit. Hör endlich auf damit.

Und dann ist er da — sein Oberkörper direkt an meiner Fensterscheibe. Sein dezidiertes Klopfen an der Tür vermengt sich mit der Anspannung meiner Nerven und ich stoße aus vollem Hals einen Schrei aus.

Der Mann beugt sich nach unten und ich ringe vor Überraschung, Angst und Erstaunen nach Luft.

Ich starre ins Gesicht eines Mannes, der eigentlich unmöglich hier sein kann.

Es ist Ryan Hunter.

Kapitel Sieben

ICH STÜRZE MICH aus dem Auto, trommle dann mit meinen Fäusten gegen seinen Brustkorb. »Verdammt, Ryan! Zum Teufel nochmal, du hast mich zu Tode erschreckt!«

Er zieht mich näher an sich heran, streichelt meinen Rücken und wartet, bis ich mich wieder etwas beschwichtige. Ich atme ihn ein, sein vertrauter Geruch wirkt besänftigend, seine Stärke beruhigt mich. »Alles o.k. Kätzchen. Dir geht es gut. Komm schon Jamie. Du bist in Sicherheit.«

Ich umarme ihn fest und nehme ein paar tiefe Atemzüge, bis der Schrecken vorüber ist und ich mich wieder beruhigt habe.

Beruhigt und beschämt.

Ich löse mich aus seiner Umarmung und trete einen Schritt zurück. Die Nacht ist so tiefschwarz, dass ich sein Gesicht lediglich im matten Licht wahrnehmen kann, das spärlich durch die noch geöffnete Tür aus dem Innenraum des Ferraris dringt. Ich sehe die Besorgnis darin. Die Spur von Beunruhigung, die nun, da ich mich wieder gefangen habe, langsam in seinen Augen verebbt.

Ich will den Ärger, der jetzt kommen muss, nicht sehen. Und dennoch kann ich nicht einfach hier stehen und so tun, als wäre ich immer noch verängstigt, nur um das Unausweichliche hinauszuzögern.

Ich hole tief Luft und lege den Kopf in den Nacken, um ihn anzusehen, und flüstere: »Es tut mir leid.«

Ich rechne mit Zorn. Ich rechne mit Wut. Aber die aus tiefster Seele kommende Traurigkeit in seinen Augen, ist mehr als ich verkraften kann.

»Hunter«, sage ich und bekomme vor Rührung fast kein Wort heraus. »Lass mich bitte nur —«

Er deutet mit dem Kopf in Richtung des Wagens, der hinter dem Ferrari geparkt ist. »Steig ein«, sagt er mit einer Stimme, die alle Diskussionen im Keim erstickt.

»Aber —« ich befeuchte meine Lippen. »Ich kann nicht zurück. Ich muss nach Las Vegas.«

»Ich werde dich dort hinbringen, wo du hin musst, Jamie«, sagt er, und jetzt höre ich auch den Groll, der von irgendwo dunkel und tief nach oben brodelt. »Steig jetzt in den verdammten Wagen.«

Da er in jedem Fall in der Lage wäre, mich

einfach hochzunehmen und ins Auto zu werfen — und es im Moment auch danach aussieht, als wäre er kurz davor — befolge ich seine Anweisung.

Es ist ein Mercedes. Er ist lässig und schnittig, verfügt über eine Lederausstattung und hat diesen unglaublichen Neuwagengeruch. Ich lege den Sicherheitsgurt an, ziehe meine Schuhe aus und meine Knie an meine Brust.

Ich sehe ihm dabei zu, wie er sich in den Ferrari beugt und mit den Schlüsseln und meinem Handy wieder auftaucht. Dann nähert er sich dem Mercedes, öffnet die Wagentür und steigt wortlos ein.

Einen Moment lang sitzt er einfach nur da und ich denke, dass er nun endlich reden wird. Dann drückt er den Startknopf, legt den Gang ein und fährt auf den Highway. Binnen Sekunden lassen wir den Ferrari hinter uns. Ich drehe mich in meinem Sitz um und sehe, wie er in der Ferne verschwindet.

»Wir können ihn doch nicht einfach hierlassen.«

Er sieht mich an und ich schwöre, wenn er weiter schweigt, dann beginne ich zu schreien. Glücklicherweise antwortet er. »Ich werde mich darum kümmern.« Seine Worte sind kurz und knapp. Wohlüberlegt. »Ich werde jemanden beauftragen, den Wagen nach Las Vegas zu bringen.«

»Gut«, sage ich. »Perfekt.«

Er sieht mich neugierig an, fragt mich jedoch nicht, weshalb ich Vegas unbedingt noch vor Texas erreichen will. Also beschließe ich, es ihm nicht zu sagen. Stattdessen frage ich ihn, was mir im Kopf herumschwirrt. »Wie hast Du mich gefunden?«

»Ich bin der Sicherheitschef von Stark International. Glaubst Du wirklich, ich würde Damien mit einem Wagen ohne Peilgerät herumfahren lassen?«

»Oh.« Mein Blick verfinstert sich. Darauf war ich nicht gekommen. Und wenn doch, dann wäre ich davon ausgegangen, dass das Gerät entfernt wurde, bevor Damien mir den Wagen übergab. »Nun gut.« Ich befeuchte meine Lippen. »Wenn das so ist, *warum* bist Du mir dann gefolgt?«

Sein Kiefermuskel zieht sich zusammen und ich wappne mich für die Explosion. Als er aber zu sprechen beginnt, ist seine Stimme überraschend sanft. »Du bist fluchtartig aufgebrochen, ohne irgendetwas von deinen Sachen mitzunehmen. Ich habe mir Sorgen gemacht«, sagt er und richtet seinen Blick von der Straße zurück auf mich. »Wie sich herausstellt, hatte ich allen Grund dazu.«

Ich nicke. »Danke«, sage ich. Und füge hinzu »Es tut mir echt leid.«

Er antwortet nicht und eine tiefe, unbehagliche Stille erfüllt den Wagen.

Ich möchte nach ihm greifen, meine Hand auf seine legen.

Ich möchte ihn trösten, aber mir ist klar, dass ich dazu kein Recht mehr habe. Deshalb lehne ich stattdessen meinen Kopf zurück und schließe die Augen, ergebe mich der plötzlichen, übermächtigen Erschöpfung, die mich umfängt.

Ich hatte nicht vor zu schlafen, muss aber kurz eingedöst sein. Ich werde schlagartig wach, als das Auto plötzlich langsamer fährt und sich die Beschaffenheit des Straßenbelags unter den Reifen verändert.

Ich werfe einen flüchtigen Blick aus dem Fenster und sehe ein kleines, niedriges Gebäude vor uns.

»Wo sind wir?«, frage ich verschlafen.

»Baker«, sagt er. »Wir bleiben bis morgen früh hier.«

»Was? Ich muss aber nach Vegas.«

»Nicht nach Mitternacht. Und es wäre mir lieber, wenn du lebend dort ankommen würdest.« Er fährt auf einen Parkplatz und schaltet den Motor aus. Dann dreht er sich um, um mich anzusehen. »Ich bin müde Jamie. Ich war die ganze Nacht vor der Hochzeit wach und dann auch noch die ganze Party über. Und auch danach habe ich nicht wirklich viel geschlafen«, fügt er hinzu.

Er sieht mich an, sein Blick ist kühl. »Ich bin total am Ende und ich weiß, du bist es auch. Wir bleiben also hier und schlafen uns aus.«

»Fein«, sage ich, denn was sonst sollte ich sagen?

Soweit ich weiß, ist das hier das einzige Motel in Baker und es ist winzig. Es ist auch schon fast zur Gänze ausgebucht, was mich überrascht. Es gibt nur ein Zimmer mit einem Kingsize-Bett. Als Ryan mir das erzählt, nicke ich stoisch mit dem Kopf. Insgeheim bin ich aber beunruhigt. Ich bin davongerannt, weil ich dachte, es wäre die richtige Entscheidung — und weil ich schwach bin.

Ich bin immer noch schwach, und allein seine Nähe macht mich noch schwächer. Ich kann mich nicht daran erinnern, dass mich je ein Mann so beeindruckt hat wie Ryan Hunter. Sollte er während der Nacht Anstalten machen, bin ich mir keinesfalls sicher, dass ich stark genug bin, nein zu sagen.

In Wahrheit bin ich zwar überzeugt, dass es richtig ist, nach Texas zurückzugehen, aber ich bereue, wie ich vor ihm weggelaufen bin. Noch mehr bereue ich die Nächte mit ihm, die ich verpasst habe.

Vielleicht dreht sich mein Plan ja auch nur um Texas. Und wer weiß, ob es mich nicht stärker machen würde, wenn ich die Erinnerung an Ryan Hunter mit zurück nähme.

Und vielleicht versuche ich auch nur, mir irgendetwas Logisches aus der Nase zu ziehen, um zu rechtfertigen, dass ich mit ihm in diesem Minihotel schlafe.

Richtig. Am besten lasse ich das einfach sein.

Das Zimmer ist klein und schmuddelig und riecht nach alten Socken. Es gibt ein klumpiges Bett und einen abgewetzten Polstersessel.

Ich setze mich in den Sessel.

Ryan setzt sich überhaupt nicht. Stattdessen schreitet er im Zimmer auf und ab. Ich kenne ihn gut genug, um zu sehen, dass er etwas ausbrütet. Ich nehme an, er überlegt, ob er mich anbrüllen soll oder nicht.

Ich entschließe mich, den Anfang zu machen. Ich glaube, dass ich ihm Einiges schulde. »Es tut mir leid«, sage ich zum ungefähr viermillionsten Mal.

Er seufzt und setzt sich dann mir gegenüber auf die Bettkante. »Sag mir einfach warum. Denn ich bin ehrlich gesagt verwirrt, Jamie. Ich dachte, wir hatten eine gute Zeit miteinander. Ich für meinen Teil bin mir jedenfalls verdammt sicher.«

»Ich auch«, sage ich mit leiser, aber ernster Stimme.

»Und ich dachte, wir wären uns einig. Ich war

der Auffassung, dass ich dir klar zu verstehen gegeben habe, dass ich nicht einer jener Männer sein werde, die du wegwirfst. Und ich war mir so verdammt sicher, dass wir beide auf einer Wellenlänge waren, dass du dich nicht einfach davonschleichst.«

»Ich hab's verbockt«, sage ich. Mein Atem zittert und ich spüre, wie Tränen in meinen Augen brennen. »Ich wollte dich nicht verletzten oder dich wütend machen.«

»Du hast beides geschafft«, sagt er, und als ich ihm ins Gesicht sehe, nehme ich etwas Verletzliches in seinen Augen wahr.

Ich öffne meinen Mund, um wieder zu sagen, dass es mir leidtut, verstumme dann aber. Ich habe diese leeren Worte schon zu viele Male von mir gegeben.

»Zum Teufel nochmal, Jamie.« Er hört sich zerrissen an, und ich zwinge mich, meine Hände nicht nach ihm auszustrecken, als er sich vor mich hinkniet und seine Hände auf meine Knie legt. »Ich will dich, mach keinen Fehler. Wenn ich dich schon nicht in meinem Bett haben kann, dann möchte ich dich immer noch in meinem Leben haben.«

In meinem Herzen verspüre ich einen Ruck. Er redet von Freundschaft, nicht nur von Sex. Von einer Verbindung, die über das Physische hinausgeht. Das macht mir Angst — aber obwohl ich mich am liebsten davonmachen würde, kann ich doch nicht den winzigen Hoffnungsschimmer leugnen, der in mir aufflackert.

Er streckt seine Hand aus und streichelt meine Wange. »Ich habe dich gern«, sagt er. »Und ich dachte —«

»Was?« verschlägt es mir den Atem.

»Ich dachte, du würdest ebenso fühlen.«

»Das tue ich auch. Es ist nur —« ich stehe auf und fahre mir mit den Fingern durchs Haar, während ich nach Worten ringe. »Du hast mich gesehen. Und ich weiß, dass du Geschichten über mich gehört hast. Mein Privatleben ist keine Geheimsache und über das ganze Fiasko mit Bryan Raine wurde in der Klatschpresse ja ausführlich berichtet.«

Raine ist ein aufstrebender Leinwandstar und die Geschichte hat kein gutes Ende genommen. Hauptsächlich, weil er ein egoistischer, selbstsüchtiger Scheißkerl ist, der sich dazu entschlossen hat mich abzuservieren, weil es für seine Karriere förderlicher war, eine Schauspielerin mit Einfluss zu bumsen.

»Ich vögle herum«, sage ich, und das ist mehr oder weniger das Fazit meines gesamten Erwachsenenlebens. »Und das hat mich ganz schön fertiggemacht. Bryan hat mich für blöd verkauft. Und dann ging ich hin und habe mit einem meiner besten Freunde geschlafen, wobei wir es geschafft haben, auch diese Beziehung in den Wind zu schießen.«

Ich rattere meine Gedanken einfach herunter und bin mir nicht sicher, ob ich nun zu viel oder zu wenig preisgebe, ob ich ihn damit wegstoße oder ihn mir näher bringe.

»Aber dann mit dir«, fahre ich fort, »ich habe mich noch nie so gefühlt —«. Dabei schüttle ich den Kopf, weil ich nicht daran denken will. »Es war fantastisch«, räume ich ein und mache sogleich einen Rückzieher. »Das Timing war aber total beschissen. Ich war schon im Begriff zurückzugehen. Ich steckte schon mitten in meinem Plan.«

»In welchem Plan?«

»Der alleinige Grund, weshalb ich in erster Linie nach Texas zurückgegangen bin. Ich muss mein Leben endlich auf die Reihe kriegen. Ich habe schon verdammt viele Dummheiten gemacht.«

»Jeder von uns hat schon Dummheiten begangen, Kätzchen«, versichert er. »Weglaufen ist auch nicht die schlaueste Lösung. Es macht nur den Abstand zwischen dir und dem Problem noch größer.«

Ich schüttle den Kopf. »Es geht nicht um

Abstand. Es geht auch nicht darum, Sex zu vermeiden. Nicht wirklich. Aber Sex wirft mich aus der Bahn, und ich muss stark bleiben.«

»Na schön«, sagt er. »Aber wenn es weder um Abstand noch um Sex geht, worum geht es dann?«

Gute Frage und keine, auf die ich mit Sicherheit die Antwort habe. »Es geht um … ich denke es geht darum herauszufinden, wer du bist. Wer ich bin. Hört sich das albern an?«

Er schüttelt den Kopf und setzt sich dann wieder zurück aufs Bett gegenüber meinem Sessel. »Nein«, sagt er. »Überhaupt nicht. Glaubst du denn, dass du die Lösung in Texas finden wirst?«

»Aber sicher«, sage ich. »Apropos Vegas«, füge ich hinzu und erzähle ihm dann von meinem Jobangebot.

»Das hört sich wirklich vielversprechend an«, sagt er.

»Ja, das ist es. Und ich glaube, ich werde das gut hinkriegen.«

»Davon bin ich überzeugt.« Er steht auf, schreitet langsam durch den Raum und bleibt dann direkt vor mir stehen. »Geht klar«, bemerkt er.

Ich bin verwirrt. »Geht klar?«

»Ich werde jetzt nicht mit dir debattieren und werde dich auch auf keinen Fall zwingen. Wenn du denkst, du musst dich selbst suchen und nach Hause zurückgehen, dann werde ich dich nicht aufhalten.«

Seine Miene ist herzlich, aber intensiv. »Ich weiß bereits, wer du bist, Jamie Archer. Mir ist aber auch klar, dass du das selbst herausfinden musst.«

Sein Telefon klingelt und er zieht es aus der Tasche, bevor er mich amüsiert anblickt. »Du hast mir eine SMS gesendet, dass ich dich retten soll?«

»Ich — oh. Ja, ja. Entschuldige. Mir ist klar, dass dir das eigenartig erscheint, wenn man bedenkt, dass ich dich einfach sitzengelassen habe, aber …« Ich verstumme achselzuckend. »Du warst der Erste, der mir in den Sinn gekommen ist. Ich habe versucht, mir jemand anders einfallen zu lassen. Aber es gab niemanden und deshalb … Wie dem auch sei, es ist nun egal. Du hast mich ja schon gerettet, bevor ich dich darum gebeten habe.«

Er stellt sich erneut vor mich, streckt seine Hände nach mir aus und zieht mich auf meine Füße hoch. »Danke«, sagt er einfach.

Ich schüttle verwirrt meinen Kopf. »Wofür?«

»Dafür, dass du weißt, dass ich immer für dich da sein werde, egal worum es geht.«

»Ryan …« Meine Stimme ist weich und ergriffen. Er hat nämlich Recht damit. Mir ist das tatsächlich klar und diese Erkenntnis umhüllt mich wie eine weiche Decke.

Er lächelt und ich nehme an, es ist Verständnis. Dann wird sein Lächeln stärker und ein Hauch Belustigung umspielt seine Lippen. »Wenn du schon unbedingt nach Texas musst, dann werde ich dich dorthin bringen. Zuerst Las Vegas, dann weiter nach Dallas.«

»Ich kann selbst fahren«, sage ich.

»Kann schon sein«, sagt er. »Aber willst du das auch wirklich? Mein Transportservice ist hervorragend«, fügt er mit einem frechen Grinsen hinzu. »Und das Ganze zu einem wirklich günstigen Preis.«

»Preis«, wiederhole ich amüsiert. »Welche Art von Preis?«

»Ich biete dir einen Deal an«, sagt er. »Und da wir ja auf dem Weg nach Las Vegas sind, werden wir es dem Roulette überlassen, die Bedingungen festzulegen.«

»Ich kann dir immer noch nicht ganz folgen«, sage ich.

»Dann spreche ich mal Klartext. Eine Drehung des Roulettekessels. Bei Schwarz bezahlst du mich. Bei Rot vögelst du mich.«

Ich starre ihn an. »Ich hab's dir doch eben gesagt. Ich muss mich ordnen. Sex. Und wie mich das über den Haufen wirft, und —«

»Du sagtest, es ginge nicht darum, Sex zu vermeiden. Es wäre nur so, dass Sex dich total aus der Bahn wirft. Ich werde aber dafür sorgen, dass dir das mit mir nicht passiert Jamie. Zuerst Vegas, dann Dallas, und dann fahre ich zurück nach LA, ohne weitere Fragen.«

»Ich —«

»Wir werden keine Beziehung haben«, sagt er. »Nichts dergleichen. Die Bedingungen bleiben wie gehabt.« Das Feuer in seiner Stimme ist unüberhörbar. »Du. Mir ausgeliefert.«

Ich schlucke. Mein Kopf sagt, dass ich ablehnen soll, aber jeder einzelne Teil meines Körpers verzehrt sich danach, dass ich zustimme.

Ich lecke meine Lippen. »Und die Bezahlung? Ich meine für den Fall, dass die Kugel auf Schwarz landen sollte?«

»Ich bin bei Stark International angestellt, werde aber meinen Stundensatz verrechnen. Ich würde sagen, die Zeit läuft, sobald wir in Vegas ankommen.«

Ich kneife meine Augen zusammen. »Wie viel genau«, frage ich nach. Er überschlägt das Ganze kurz in Gedanken und nennt mir dann eine Zahl, die mich der Ohnmacht nahe bringt.

»Bist du verrückt? Das kann ich mir nicht leisten.«

»Na dann«, sagt er mit einem boshaften Grinsen, »solltest du wohl besser auf Rot hoffen.«

Kapitel Acht

DA WIR FAST bis Mittag geschlafen und danach noch ein absolut fantastisches Frühstück mit richtig fetten Spiegeleiern, Speck und auf der Zunge zergehendem Gebäck in der an das Motel angeschlossenen Kneipe genossen haben, ist es bereits nach vier Uhr, als wir in Vegas ankommen.

Auch bei Tageslicht scheint die Stadt voller Leben zu sein.

Wenn Manhattan deine versnobte Stiefmutter und Los Angeles dein Hippie-Bruder ist, dann ist Las Vegas dein total abgefahrener Cousin, der keinen Plan hat, was er einmal machen wird, wenn er erwachsen ist.

Alles ist knallig bunt, glitzernd und überlebensgroß. Paris trifft hier auf Ägypten, die ganze Stadt ist wie ein riesiges Disneyland.

Es ist vermutlich furchtbar verkehrt, dass mir das gefällt, aber es ist nun mal so. Besonders der Las Vegas Strip hat es mir angetan. Dort stehen die größten und besten Kasinos und Hotels wie ein Empfangskomitee in Reih und Glied und heißen jeden Besucher willkommen, von Milliardären des Typs Stark bis zu Leuten wie mir, bei denen das Konto so ziemlich gegen null geht.

Während der Fahrt glotze ich aus dem Fenster und fühle mich ein wenig wie ein ungeduldiger kleiner Welpe, der gerade die Welt entdeckt. Eigentlich spiele ich kaum, dennoch liebe ich Vegas. Vermutlich fühle ich mich irgendwie seelenverwandt mit dieser Stadt. Manchmal sind wir beide ein klein wenig kitschig.

Wir fahren vorbei am kultigen Caesars Palace und halten nur wenige Augenblicke später vor dem prachtvollen Starfire Resort. Die Auffahrt bildet einen Kreis um einen Brunnen. Gebannt sehe ich zu, wie farbenprächtige Wassersäulen emporsteigen und wieder in sich zusammenfallen.

Ein Hotelpage nähert sich zügig, um meine Wagentür zu öffnen, während ein weiterer Angestellter Ryans Wagen übernimmt.

»Sollen wir?«, fragt Ryan und nimmt meinen Arm.

»Ich war noch nie hier«, sage ich. »Bis heute war ich eher auf der preisgünstigeren Schiene unterwegs.«

»Es wird dir gefallen. Und es überrascht mich auch nicht, dass die Produzenten ihre Schauspieler hier unterbringen. Das Starfire ist eines der luxuriösesten Hotels am Strip.«

Als wir noch unterwegs waren, habe ich eine weitere E-Mail von Georgia bekommen. Der Sender hat ein Zimmer im Starfire für mich gebucht und für den nächsten Vormittag ist ein Interview mit Ellison Ward geplant. Das ist ein britischer Schauspieler, der einen Oscar gewonnen hat und jetzt total angesagt ist. Sie haben sogar einen Kameramann einfliegen lassen, der die Aufnahmen macht. Ich muss nur die Unterlagen durchsehen, die vorgeschlagenen Fragen noch ein wenig optimieren und das Ganze nicht in den Sand setzen.

Als ich die E-Mail das erste Mal gelesen hatte, war ich echt überrascht, dass ein TV-Sender aus Dallas in der Lage ist, ein Vieraugengespräch mit einer so berühmten Person wie Ward hinzukriegen. Nachdem ich aber dann das Recherchematerial gelesen hatte, war mir alles klar. Wards Mutter lebte offenbar einige Jahre lang in Texas und entwickelte eine Zuneigung für die Metroplex-Region, die sie ihrem Sohn vererbt hat.

Offen gesagt war das ein ziemlich gelungener Coup für den Sender und für mich. Der Beitrag würde zweifellos im ganzen Land ausgestrahlt werden und mir beträchtliche Publicity einbringen, was mich wiederum in meinem Bestreben, eines

Tages wieder nach Los Angeles zurückzukehren, unterstützen würde.

Das bedeutete aber eigentlich nur, dass es umso wichtiger war, die ganze Sache nicht zu vermasseln.

In der atemberaubenden Lobby, die meiner Einschätzung nach im Art Deco-Stil dekoriert ist, treffen wir auf eine tüchtige junge Frau in Bleistiftrock und maßgeschneiderter Bluse. »Mister Hunter, Misses Archer. Wir haben alles für Sie vorbereitet. Würden Sie mir bitte folgen?«

»Es ist okay«, sagt Ryan. »Wir müssen zuerst ins Casino. Ist das Zimmer fertig?«

Die junge Frau nickt. »Jawohl. Ich wünsche ihnen einen angenehmen Aufenthalt. Bitte melden Sie sich, wenn Sie irgendetwas brauchen.«

Etwas verwirrt schaue ich Ryan an. »Klasse Personal.«

»Ja, wirklich ausgezeichnet«, sagt er, als er über den gekachelten Boden hinüber zur Rezeption geht.

»Zeit für Roulette?«, frage ich. Allein das Wort löst ein gewisses Prickeln in meinem Körper aus.

Er fährt mit seinen Fingern meinen Arm entlang. »Roulette«, bestätigt er.

Zwischen Kasino und Lobby sind alle Räume offen und so können wir den Lärm und das Gepoltere hören, als wir über einige Treppen hinunter zum von Reihen von Spielautomaten gesäumten Kasinoeingang gehen. Es ist, als würde man eine völlig andere Welt betreten. Lärm und Lichter. Eine Mischung aus dem Geplapper der Besucher und den Rufen des Personals. Und alles untermalt vom Klimpern der Münzen.

»Hier lang«, sagt er und führt mich einen verfliesten Gang entlang, der die mit Teppichböden ausgelegten Bereiche mit ihren Armadas von Münzspielautomaten, Tischen für Black Jack und andere Kartenspiele, Würfelspiele usw. durchtrennt. Die Roulettetische befinden sich auf der anderen Seite der Spielhalle. Als wir dort ankommen, habe ich den Eindruck, als wären wir tausend Meilen gelaufen.

»Such dir einen Tisch aus«, meint Ryan. Und da die Tische für mich alle gleich aussehen, entscheide ich mich für den nächstgelegenen. Er zieht einen Fünfzig-Dollar-Jeton aus seiner Jackentasche, was mir etwas seltsam vorkommt, da ich nicht mitbekommen habe, dass er irgendwann Geld gegen Jetons getauscht hätte. Es bleibt mir aber keine Zeit, weiter darüber nachzudenken, denn er drückt mir den Jeton in die Hand und fordert mich auf, ihn zu setzen.

Augenblicklich setze ich den Jeton auf Rot.

Ryan lacht und hebt dann meine Hand, um meine Fingerkuppen zu küssen. Dabei ist seine

Berührung so sanft wie jene eines Schmetterlingsflügels und mindestens so sinnlich.

»Was ist denn so komisch?«, frage ich.

»Du verrätst deine Geheimnisse Kätzchen«, sagt er und deutet mit dem Kopf in Richtung Roulettetisch, an dem ich eben gesetzt habe. »Du weißt ja, was Rot bedeutet.«

»Ja, das weiß ich«, sage ich. Und da ich mich gerade echt mutig fühle und es auch wirklich will, rücke ich an seine Seite und stelle mich auf meine Zehenspitzen, damit ich ihm ins Ohr flüstern kann. »Es bedeutet, dass ich dir ausgeliefert bin«, sage ich und führe dann langsam — sehr langsam — meine Zunge über die Wölbung seines Ohrs.

Dabei halte ich mich, mit einer Hand auf seiner Schulter und der anderen auf seinem Rücken fest. Ich spüre, wie sein Körper sich unter meinen Händen zusammenzieht. Ich höre das leise Stöhnen, das er zu unterdrücken versucht, und ja, ich lächle dabei.

»Unartig«, flüstert er, als ich mich wieder absenke. Ich blicke aber nur unschuldig auf den Tisch und den Roulettekessel, der sich gerade zu drehen begonnen hat.

Als die Kugel im Kreis zu hüpfen beginnt, halte ich denen Atem an. Holpernd dreht sie noch ein paar Runden und dann — *ja* — landet sie auf

Rot. Ich werfe einen flüchtigen Blick zur Seite und sehe Ryan, wie er mich beobachtet. Ich lache triumphierend. »Ich musste ja auf Rot setzen«, necke ich ihn kess. »Ich hätte nirgendwoher genug Geld bekommen, um dich zu bezahlen.«

Er lacht. »Dagegen ist nichts einzuwenden Kätzchen. Ich verspreche dir aber, dass ich alles dafür tun werde, dass sich dein Einsatz gelohnt hat. Für uns beide.« Als der Croupier unsere Gewinne auszahlt, zeigt er mit dem Kopf in Richtung Tisch. »Möchtest du noch ein wenig im Kasino bleiben und weiterspielen? Ich glaube, das ist heute mein Glückstag.«

»Meiner auch«, sage ich. »Aber hierbleiben möchte ich auf keinen Fall.«

Er gibt ein Geräusch von sich, das ich als Genugtuung interpretiere, und steckt daraufhin unseren Gewinn in seine Tasche. Dann nimmt er meinen Arm und führt mich aus dem Kasino. Zwar habe ich die Orientierung völlig verloren, bin mir aber ziemlich sicher, dass wir uns von der Lobby weg in die entgegengesetzte Richtung entfernt hatten. Meine Einschätzung wird bestätigt, als ich merke, dass wir uns in einer weitläufigen, offenen und hellen Shoppingmeile befinden. An der Decke ist der Himmel abgebildet, der sich über den gesamten Raum über unseren Köpfen wölbt, vom Sonnenaufgang auf einer Seite zum Sonnenuntergang auf der anderen Seite, zwischendrin Tag und Nacht.

In dem Bereich, in dem wir uns befinden, weitet sich der nächtliche Himmel über uns und Tausende kleiner elektrischer Lämpchen zwinkern uns von oben herab zu. Es ist kitschig, aber auch romantisch. Und als Ryan mich an der Hand nimmt und durch die Mall führt, kann ich ein zufriedenes Seufzen nicht unterdrücken.

Im Augenblick ist meine Welt total in Ordnung.

Wie viele der Läden im kostspieligeren Abschnitt des Strips sind auch diese hier allesamt Edelboutiquen voll mit Designerware und heftigen Preisen. Neben den extravaganten Artikeln gibt es auch reduzierte Ware, damit das Angebot sowohl für die Gewinner als auch für die Verlierer unter den Gamblern ansprechend ist.

Wir gehen an einem Schaufenster mit Unmengen von Diamanten und Smaragden vorüber. Die Preisschilder lassen klar erkennen, dass die Zielgruppe dieses Ladens keine Freizeitspieler und Gewinner von Minisummen sind. Hier wartet man ohne Zweifel auf die High Roller unter den Glücksspielern.

Ryan nimmt meine Hand und führt mich hinein.

»Das würde an deinem Handgelenk wirklich

hübsch aussehen«, sagt er und zeigt auf ein Armband aus Diamanten und Platin, das mehr kostet als meine Eigentumswohnung.

»Du bist verrückt«, sage ich.

Er grinst mich an. »Vielleicht nicht dein Stil?«

»Nein«, gebe ich zu, weil ich eher auf flippigeren Schmuck stehe.

Er beäugt mich kritisch, wobei sein Blick runter und rauf zoomt. »Nein«, murmelt er, »Du hast Recht. Du brauchst etwas mehr …« Seine Stimme verliert zusehends an Kontur, während er den gläsernen Ladentisch entlanggeht. Ein Angestellter kommt herbei, da er offensichtlich Umsatz wittert. Mit einer lässigen Handbewegung winkt er ihn beiseite. »So wie das hier«, sagt er und zeigt auf einen hübschen Reifen aus gehämmertem Silber. Es ist ein enganliegendes Halsband, das so gefertigt ist, dass es das Licht aus den unterschiedlichsten Perspektiven einfängt. An der Rückseite hat es einen Beschlag mit einem passenden Stift, den man durch den dafür vorgesehenen Zylinder steckt, um das Stück zu fixieren. Mittig ist eine einzige Lasche angebracht, an der man einen Anhänger befestigen könnte.

»Es ist entzückend«, sage ich.

»Es ist praktisch«, sagt er.

Fragend hebe ich eine Augenbraue.

»Die Lasche«, sagt er. »Es ist ganz einfach, eine

Leine daran zu befestigen.«

Ach so. Ich schlucke. »Sieht aus wie eine Sklavenkette«, sage ich und fahre mir dann mit der Zunge über die Lippen. »Denkst du, dass sie mir deshalb gut stehen würde?« Mein Tonfall ist bei dieser Frage absolut herausfordernd. »Weil ich dir ja jetzt gehöre?«

Er schaut mich geradewegs an. »Ja.« Seine Antwort ist einfach und direkt und so bedeutungsvoll, dass ich erschaudere. Ich denke daran, wie er mich in Malibu gefesselt hat. An die Lust, mich ihm völlig auszuliefern.

Ich erinnere mich und werde feucht.

Ich drehe mich um und verlasse den Laden, gehe zurück hinaus in die Mall, meine Atmung ist jetzt flach.

Er folgt mir, und als ich hinauf in seine Augen sehe, habe ich den Eindruck, als könnte ich seinen Gesichtsausdruck nicht interpretieren.

»Bist du gegangen, weil der Gedanke Unbehagen in dir auslöst?«

Ich erwäge zu lügen. Es wäre so simpel, einfach nur die Worte auszusprechen und dann zu gehen.

Das will ich aber nicht. Ich will Wahrheit zwischen uns. Ich möchte sehen, in welche Richtung wir uns bewegen. »Nein«, sage ich. »Ich bin gegangen, weil es mir gefällt.«

Sein Gesichtsausdruck bleibt unverändert. Allein der leichte Spannungsanstieg um sein Kinn zeigt mir, dass meine Worte bei ihm angekommen sind. »Okay«, sagt er und geht dann weiter den weiten, von Geschäften gesäumten Gang hinunter.

Etwas nervös gehe ich ihm hinterher. Ich weiß nicht, ob er mein Bekenntnis versteht. Beziehungsweise, wenn ja, was das für mich bedeutet.

Soweit ich das einschätzen kann, ist das Thema aber bereits abgehakt.

»Was wollen wir denn kaufen?«, frage ich nach fünf Minuten Schweigen.

»Etwas für dich natürlich.« Er deutet auf meine Jeans und mein T-Shirt, die ich nun schon seit zwei Tagen trage. »In diesen Klamotten kannst du schließlich nicht dein ganzes Leben verbringen.«

Der Mann hat nicht ganz Unrecht.

»Zumindest brauchst du was für das Abendessen heute«, sagt er. »Und etwas fürs Interview morgen. Hier«, sagt er und bleibt vor einem Geschäft stehen, in dem der Preis eines jeden Teils vermutlich meinen Kreditkarten-rahmen sprengt.

»Das kann ich mir nicht leisten«, sage ich halblaut, während wir durch die Eingangstür gehen.

Er sieht mich amüsiert an. »Ich kann.«

Die Kleidungsstücke sind offensichtlich nach Themen sortiert und das Erste, das mir beim Betreten des Ladens ins Auge fällt, ist ein Behälter mit Lingerie. Er greift hinein und zieht einen String-Tanga heraus. Er begutachtet ihn und sieht mich dann an. Ich versuche, keine Miene zu verziehen, aber die Vorstellung, dass er meinen Slip aussucht, erheitert mich. »Warum sich die Mühe machen?«, sage ich schließlich. »Ich ziehe ihn ja dann ohnehin nur aus.«

»Das hoffe ich jedenfalls«, entgegnet er mindestens ebenso humorvoll. »Das ist Teil des Vergnügens.«

Ich schlucke, weil er damit den Nagel auf den Kopf getroffen hat.

Er hebt den Finger, um eine Verkäuferin herbeizuholen, die auch im Eiltempo erscheint. Er gibt ihr den Tanga zusammen mit ein paar anderen Höschen in verschiedenen Farben. Und dann sagt er ihr noch, dass wir ein Business Outfit und ein Abendkleid brauchen. Sie kniet förmlich vor uns beiden, als sie uns weiter nach hinten zur fein säuberlich sortierten Designer-Abteilung führt.

Zuerst widmen wir uns dem Anzug fürs Interview, und während Ryan auf einer tiefliegenden, schwarzen Ledercouch wartet, begebe ich mich in die Umkleidekabine, um mich umzuziehen. Ich probiere drei Varianten und entscheide mich schließlich für einen klassischen schwarzen Anzug und ein weißes Seidentop. Das Ganze ist zwar konservativer als mein übliches Outfit, aber zusammen mit schwarzen Highheels sieht es zugegeben echt scharf aus.

»Du wirst sie damit völlig umhauen.«

»Hoffentlich nicht Ellison Ward«, sage ich. »Das wäre zwar eine verdammt gute Story, aber lieber habe ich das Interview in meinem Portfolio.«

Er lacht und küsst mich und ruft dann nochmal nach der Verkäuferin, um ihr zu sagen, dass wir jetzt bereit sind, uns die Abendgarderobe anzusehen.

Obwohl alle Kleider, die mir die Verkäuferin zeigt, umwerfend sind, gibt es da nur eines, in das ich mich auf der Stelle unsterblich verliebe. Es ist dem Kleid nachempfunden, das Marilyn Monroe in *Das verflixte siebte Jahr* trug, dem Film, in dem der weite weiße Rock hochgewirbelt wird, als sie über dem U-Bahn-Schacht steht. Die Art wie der Rock Falten wirft, selbst nachdem ich das Kleid vom Bügel genommen habe, und den gleichzeitig offenherzigen und dezenten Neckholder finde ich super. Am besten gefällt mir aber der kokett-flippige Rock.

Ich hoffe, dass es an mir ebenso gut aussieht wie auf dem Bügel.

»Probier es an«, sagt Ryan, aber diesmal folgt

er mir in die Umkleide. Ich sehe wie sich die Augen der Angestellten weiten, aber Ryan lächelt nur. »Ich schließe mich der Dame an.«

»Oh ja, selbstverständlich.«

Nachdem sie Ryan nochmals kurz gemustert hat, zieht sie sich zurück. Dann blickt sie zu mir. Ich habe klar den Eindruck, dass sie in diesem Moment liebend gerne den Platz mit mir tauschen würde.

Ich widerstehe dem Drang, mich hämisch zu freuen, und verschwinde in der Kabine, während meine Haut prickelt und mein Puls hämmert.

»Was genau machst du da?«, frage ich ihn, als er die Tür hinter sich verriegelt.

»Ich schaue dir zu.« Er nimmt auf dem gepolsterten Hocker Platz, der in der Ecke der Umkleide steht.

Da wir uns ja in einer Nobelboutique befinden, hat auch die Umkleidekabine eine angemessene Größe und verfügt über vernünftig große, bodentiefe Türen, so dass man total ungestört ist. Ich sehe in den dreiteiligen Spiegel und ziehe mein T-Shirt und die Jeans aus. Dabei beobachte ich Ryans Gesicht im Spiegel. Er versucht erst gar nicht, sein Feuer und seine Begierde zu verstecken und ich fahre mir mit den Zähnen über die Unterlippe, wobei ich mir wünsche, dass er mich berührt.

Das tut er aber nicht und deshalb mache ich mutig weiter. Da das Kleid rückenfrei ist, öffne ich meinen BH und lasse ihn auf den Boden fallen. Im Spiegelbild treffe ich auf Ryans Augen und gleite dann mit den Händen über meine Brüste, meine perlenharten Nippel und dann weiter runter zu dem winzigen Höschen. Ich lasse es an, obwohl ich stark versucht bin, mich völlig zu entblättern.

Aber dies ist nicht meine Show. Bei diesem Spiel geht es darum, dass ich Ryan völlig ausgeliefert bin, nicht umgekehrt. Und obwohl ich frustriert darüber bin, dass er mich noch nicht angefasst hat, kann ich nicht abstreiten, dass ich seine Neckerei genieße, ebenso sehr wie die wachsende Vorfreude, die so heftig ist, dass sie ein Prickeln auf meiner Haut verursacht und mich selbst den geringsten Lufthauch auf ihr spüren lässt.

Ich nehme das Kleid vom Bügel und ziehe es über. Es passt traumhaft und fühlt sich an wie eine zweite Haut. Ich streiche mit meinen Händen über das weiche Material des Rocks und japse kurz vor Entzücken, als ich die versteckte Tasche entdecke.

Ich wirble für Ryan einmal um mich herum und schlage dann die Tasche nach außen. Ich liebe es«, sage ich. »Das Kleid und die Tasche. Es ist so nostalgisch. Damit braucht man beim Ausgehen keine Handtasche. Die Tasche ist groß genug für

Kreditkarte, Schlüssel und vielleicht sogar einen kleinen Lippenstift.«

»Alles was du brauchst, werde ich heute Abend für dich tragen«, sagt er. »Und viel mehr als diese Tasche interessiert mich, wie du aussiehst. Und du siehst wirklich fantastisch aus, Jamie.«

Ich wende mich wieder meinem Spiegelbild zu und muss ihm Recht geben. Meine sonnengebräunte Haut lässt das weiße Kleid noch strahlender aussehen. Außerdem schmeichelt mir der Schnitt irgendwie, denn er setzt all meine Rundungen absolut vorteilhaft in Szene.

Meine Haare sind gerade zu einem recht unordentlichen Pferdeschwanz zusammengebunden, ich kann sie mir aber hochgesteckt vorstellen. Ich werde nur ganz wenig Make-up verwenden, lediglich einen Hauch Wimperntusche und blutroten Lippenstift.

Wow, denke ich, *dieses Kleid muss ich haben. Ich will in diesem Kleid an Ryans Seite gehen.*

»Es ist absolut toll«, lasse ich ihn wissen.

Er steht auf und stellt sich hinter mich. Ich erwarte, dass er mich berührt, aber das ist nicht der Fall. Er steht aber so dicht hinter mir, dass ich sein Feuer, seine Ausstrahlung fühlen kann. Ich hülle ich mich ganz darin ein und versinke in den Gedanken an ihn. Ich fühle mich sicher. Und, ja, ich fühle mich geliebt.

Als sich unsere Augen im Spiegel treffen, ist mein Lächeln zaghaft, sogar ein wenig schüchtern. Und dennoch ist das ein perfekter Augenblick. »Danke«, sage ich.

»Für das Kleid?«

»Für alles.«

Kapitel Neun

Als wir durch die Lobby des Starfire zu den Gästeaufzügen gehen, trägt Ryan meine Kleidersäcke.

»Erinnere mich daran, dass ich ein Foto von mir im Kleid schieße«, sage ich. »Ich möchte es meiner Mum mailen. Es wird ihr sicher total gefallen. Obwohl es Papi bestimmt noch besser gefallen würde. An ihr«, fahre ich fort und sehe ihn von der Seite an. »Er liebt es, meine Mutter herauszuputzen und mit ihr auszugehen.«

»Wie lange sind sie schon verheiratet?«

»Fast dreißig Jahre. Ich bin Einzelkind, was nicht verwundert.« Die letzten Worte spreche ich ohne vorher zu überlegen aus und bereue es sofort.

»Warum sagst du das?«

Ich zucke mit den Achseln. Eigentlich möchte ich darauf nicht weiter eingehen, aber gleichzeitig spreche ich ja gerne mit Ryan. Er versteht mich so gut, selbst wenn ich nichts sage. Und obwohl ich meine Eltern über alles liebe, bin ich mir auch darüber im Klaren, dass sie bei allem was ich tue, unbewusst stets irgendwie mit dabei sind.

Nikki versteht das, aber verglichen mit ihrem ist mein Leben eitel Wonne.

Als wir auf den Aufzug warten, mache ich einen tiefen Atemzug und hebe dann eine Schulter. »Es hört sich vielleicht albern an, aber die beiden lieben sich so sehr, dass ich manchmal richtig Angst bekomme.«

»Ich kann dir nicht folgen.«

»Ich habe dir ja gesagt, dass es sich blöd anhört.« Ich versuche zu erklären, wie es war mit ihnen aufzuwachsen »Ich war irgendwie die dritte Person bei einem heißen Date«, sage ich. »Sie haben mich geliebt, verstehe mich nicht falsch, aber wir haben uns nie wirklich als Familie wahrgenommen. Es ging immer um *sie*. Oder vielleicht um *sie und mich*. Es gab nie ein *uns*.« Ich zucke erneut mit den Achseln. »Wie gesagt, es hört sich dumm und belanglos an.«

»Nein«, sagt er sachte. »Das tut es nicht. Deine Eltern verkörpern deine erste Vorstellung von Liebe, die ersten Liebesobjekte. Du liebst sie ganz und bedingungslos und erwartest dasselbe auch von ihnen. Bekommst du dann nicht dasselbe zurück, beeinflusst das dein gesamtes Leben.«

Ich starre ihn an, erstaunt, dass er genau versteht, wofür ich ein halbes Leben gebraucht habe, um es vollständig zu erfassen. Und da er Verständnis zeigt, erzähle ich ihm auch den Rest. »Es ist nämlich so, dass meine Mom eigentlich Rechtswissenschaften studieren wollte. Und mein Dad war ein begeisterter Maler. Keiner von beiden beschäftigt sich heute noch damit. Mein Vater wollte nicht, dass meine Mutter so viel außer Haus ist, weswegen meine Mutter nie ihren Hochschulabschluss gemacht hat. Und da meine Mutter mit Malerei nichts am Hut hat, hörte er damit auf. Die beiden sind nach wie vor total happy miteinander. Irgendwas ist aber auf der Strecke geblieben. Ich denk ein Teil ihrer selbst.«

Weitere Ausführungen unterlasse ich. Ich werde ihm nicht sagen, dass mich das in Angst und Schrecken versetzt. Dass ich Angst davor habe, dass genau das passiert, wenn du die eine Person findest, die du über alles in der Welt liebst — dass sie dich dann in eine Art Blase hineinzieht. Eine glückliche Blase zwar, aber weniger lebendig und farbloser als die Welt, in der du leben wolltest.

Mein Verstand weiß, dass das nicht stimmt. Ich meine, man muss sich ja wirklich nur Nikki und Damien anschauen — sie verfolgt ihren Traum jetzt, da Damien sie dazu ermuntert hat, noch viel mehr. Aber ein Beispiel einer Freundin kann meine Ängste nicht auslöschen.

Das behalte ich alles für mich. Als der Aufzug dann aber hält und wir einsteigen, sieht Ryan mich so liebevoll an, dass ich nicht anders kann, als anzunehmen, dass er mich versteht.

»Egal wie sehr wir sie auch lieben — wir alle wachsen mitten im Mist unserer Eltern auf. Entweder geht man darin unter und erstickt oder man nutzt ihn als eine Art Dünger und hat Erfolg.«

Ich starre ihn einen Moment lang an, dann lache ich. »Du hast Recht«, sage zu. »Das ist vermutlich die tiefsinnigste — und widerwärtigste — Erklärung, die ich seit Langem gehört habe.« Ich lache erneut und, als er mich an sich zieht, lehne ich mich an ihn. »Danke«, flüstere ich und seufze, als er seinen Kopf senkt, um einen sanften Kuss auf mein Haar zu drücken.

Wir steigen im siebenundvierzigsten Stock aus dem Auszug, nur drei Stockwerke von der obersten Etage entfernt. So wie ich das sehe, gibt es auf dieser Etage nur drei Türen und ich runzle ein wenig die Stirn, als er vor einer Tür mit Goldtafel stehen bleibt, auf der *ES-2* zu lesen ist.

Er zieht eine Keycard aus seiner Geldtasche, öffnet die Tür und lässt mich dann an sich vorbei eintreten in etwas, das man nur als Traum beschreiben kann.

Das Zimmer hat einen riesigen Wohnbereich inklusive Bar mit Spüle und eines Flügels. Die Einrichtung ist aber noch nichts im Vergleich zur Aussicht — durch eine riesige Fensterfront hat man eine Panoramaaussicht auf ganz Las Vegas. Wenn ich meinen Kopf etwas drehe, um die ganze Pracht in mich aufzusaugen, habe ich vom Stratosphere Hotel bis zum Luxor und darüber hinaus alles im Blick.

Die Sonne ist dabei, langsam vom Himmel zu verschwinden, und verströmt orangefarbenes Licht, so als würde sie die Stadt bemalen. Das Panorama ist atemberaubend und sprüht vor Lebendigkeit. Voller Staunen wende ich mich Ryan zu.

»Das ist aber nicht das Zimmer, das der Sender für mich reserviert hat, stimmt's?«

»Nein.«

»Das Hotel gehört Stark International.«

Es ist zwar keine Frage, aber er antwortet doch. »Ja.«

Ich denke zurück an unsere Ankunft hier. Die Art wie die Empfangsdame ihn begrüßt hat. Den Jeton fürs Kasino, den er in der Tasche hatte. Die Tatsache, dass wir einen Schlüssel hatten, ohne vorher eingecheckt zu haben. Ehrlich gesagt sollte ich das schon früher kapiert haben.

»Wohnst du hier?«

Er lacht. »Nein, ich wohne in LA, nicht weit von Damien, aber in einem viel kleineren Haus. Ich bin aber jedes Jahr ungefähr vier Wochen hier, um das Team zu briefen und alle Sicherheitssysteme und Maßnahmen zu prüfen. Das hier ist eine der Managersuiten. Wir alle benutzen sie.«

»Trägst du immer Jetons mit dir herum?«

»Nein, aber manchmal habe ich welche im Auto. Nach unserer Ankunft hab ich ein paar mitgenommen.«

»Ach so.« Das klang einleuchtend. »Und du hast auch einen Schrank oder so was Ähnliches hier, weil nur ich mir Klamotten kaufen musste.«

»So was Ähnliches«, bestätigt er. »Ich habe immer einen Koffer vor Ort. In der Zwischenzeit sollte das Housekeeping den Koffer auch ausgepackt und meine Sachen gebügelt haben.«

Ich hebe eine Braue. »Das stelle ich mir schön vor.«

»Ich kann dir versprechen, das ist es.«

»Wie bist du zu einem so tollen Posten gekommen?«, frage ich und spaziere durchs Zimmer. »Ich meine, eine ganze Sparte für Damiens Dachgesellschaft zu leiten — und ich kenne den Kerl — das ist ein ziemlicher Traumjob.«

»Das ist es«, sagt Ryan. »Aber ich mache meine

Sache unglaublich gut.«

Ich ziehe eine Flasche Wein aus dem Kühlschrank hinter der Bar. Ein Korkenzieher liegt schon bereit, und ich beobachte Ryan, während ich die Flasche öffne. »Das glaube ich dir. Aber wie bist du dazu gekommen?«

Er nimmt Platz und wendet dabei seinen Blick keine Sekunde von mir ab. »In meiner Familie gab es schon viele Gesetzeshüter. Mein Urgroßvater war bei Scotland Yard und mein Großvater beim britischen Auslandsgeheimdienst.«

»Wow. Und dein Dad?«

»Er hat sie enttäuscht, weil er nach Boston gegangen ist, Polizist wurde und die Sekretärin eines Bezirksstaatsanwalts geheiratet hat.«

Ich lache, als ich mit einem Glas Wein in jeder Hand zu ihm hinübergehe. »Es liegt wirklich in der Familie.«

»Deshalb war ich so eine Enttäuschung.« Er nimmt den Wein und ich lasse mich auf den Tisch vor ihm fallen. Er nippt und lächelt dann. »Ich könnte mich daran gewöhnen.«

»Woran?«

»Von dir bedient zu werden.«

Ich ziehe eine Braue hoch. »Ich stehe dir zu Diensten — zumindest während der nächsten paar Tage.« Ich fahre mir provokant mit der Zunge über die Lippen und richte dann meinen Blick bewusst auf seinen Schritt. Und weil ich gerade mutig bin, lehne ich mich nach vorne und umschließe mit der Hand seinen erigierten Penis. Er ist schon hart und weiß, dass das einen femininen Kick bei mir auslöst. »Wann immer du willst«, säusle ich. »Du musst mir nur sagen, wie ich dir zu Diensten sein soll.«

Ich sehe die Spannung in seinem Gesicht und wie er um Fassung ringt. »Das war schon mal ein guter Anfang«, sagt er. Er weist mit dem Kopf auf den Boden. »Komm etwas näher.«

Das mache ich und knie mich vor ihm nieder, wobei ich den Rhythmus beibehalte und seinen Schwanz liebkose, während er mir seine Geschichte erzählt.

»Ich wollte kein Bulle werden«, sagt er. »Herrgott, Jamie, weißt du eigentlich was du mit mir machst?«

»Ich habe so eine gewisse Vorstellung«, gebe ich zu. »Erzähl weiter.«

»Aber als mein Vater bei einem Einsatz ermordet wurde, hat das jeder von mir erwartet.«

Ich unterbreche meine Handbewegung. »Das tut mir leid.«

»Danke — ich war jung.« Er legt seine Hand auf meine. »Hör nicht auf.«

Ich lege meinen Kopf in den Nacken und unsere Augen begegnen sich. Einen Moment lang denke ich, dass ich mich in ihnen verliere. Dann fährt er fort und erzählt mir, wie seine Familie wieder auf die Füße gekommen ist — er, seine Schwester, seine Mutter. »Ich war aber immer noch nicht daran interessiert, eine Uniform und die Dienstmarke zu tragen. Ich habe den Militärdienst in Erwägung gezogen, aber das war nicht mein Ding. Ich habe trainiert — viel trainiert. Kampfsport, Boxen, mit Waffen. Ich war aber nie der militärische Typ. Und auch kein Geheimdiensttyp. Zu viele Befehlsverhältnisse. Ich bin gerne mein eigener Boss.«

»Was hast du dann gemacht?« Ich fahre mit meinen Berührungen fort, diesmal aber schwächer. Ich möchte ihn erregen, aber nicht überwältigen. Ich möchte seine Geschichte hören.

»Ich habe dann eine private Sicherheitsfirma gegründet. Ein Unternehmen der Extraklasse. Sehr exklusiv. Sehr international. Meine familiären Beziehungen haben mir dabei geholfen. Die Firma ist gut gelaufen und so habe ich mich zum Börsegang entschlossen. So etwas hatte es noch nie zuvor gegeben. Damit habe ich Damiens Aufmerksamkeit erregt. Er hat mich kontaktiert und — der langen Rede kurzer Sinn — hat mich dann schließlich angeworben. Ab jenem Zeitpunkt sind wir Freunde geworden und ich bin in seiner Firma aufgestiegen.«

Ich lege meine Stirn in Falten. »Das von dir gegründete Unternehmen war dann also einfach futsch?«

»Nein. Meine ehemalige Firma ist heute eine Tochtergesellschaft von Stark. Ich habe sie fünf Jahre lang geleitet, bevor ich diesen Job angenommen habe. Ich hatte genug vom rund um die Welt reisen und wollte einen eher fixen Standort. Ich bin dreißig. Ich wollte mein Leben überdenken. Eine Familie.«

Ich lecke meine Lippen und versuche, den Eifersuchtskloß, der in meinem Hals steckt, hinunterzuschlucken. »Eine Familie«, wiederhole ich, ziehe meine Hand von seinem Schwanz weg und lehne mich zurück. »Du wolltest wegen einer Frau in LA bleiben?«

»Nein«, sagt er und streicht mir sanft über die Wange. »Nicht damals.«

Ich versuche, nicht zu reagieren und nicht allzu viel in diese beiläufig ausgesprochenen Worte hineinzuinterpretieren. Ich kann jedoch nicht umhin, mich zu wundern.

Sein Lächeln nimmt schelmische Züge an. »Genau genommen gibt es da eine Frau, und sie hat meine Entscheidung sehr beeinflusst.«

Ich mache schmale Augen. »Ach ja?«

»Meine Schwester ist an der kalifornischen Universität in LA. Ich besuche sie gerne und helfe ihr, wo ich kann, verwöhne sie nach Strich und Faden.«

Ich denke an mein Kleid. An alles. »Ich kann mir vorstellen, dass du das hervorragend hinkriegst.«

»Es macht sie verrückt«, gibt er heiter zu.

»Wie heißt sie?«

»Moira«, sagt er. »Dad starb, als sie acht war, deshalb habe ich mich immer ein wenig wie ein Vater gefühlt. Sie ist toll«, fügt er hinzu, als ich sein Gesicht beobachte und diese neue Seite an jenem Mann analysiere, der mich schon völlig für sich entflammt hat.

Er legt seine Hand über meine. »So sehr ich deine Berührungen auch genieße«, sagt er, »ich denke, dass wir doch voranmachen müssen.«

»Was?« Sein Schwanz ist unter den Jeans hart, und ich hoffe, dass er vorhat, von dieser wunderbaren Erektion auch bestens Gebrauch zu machen.

»Wir haben Reservierungen fürs Abendessen. Du solltest dich umziehen.«

»Genau«, sage ich, stehe auf und hoffe, dass man mir meine Enttäuschung nicht allzu sehr anmerkt.

Ich will gerade zur Seite treten, seine Stimme gebietet mir aber Einhalt. »Warte«, sagt er. »Eins nach dem anderen.«

Ich drehe mich um, und etwas in seinem Tonfall macht mich vorsichtig.

»Du warst auf und davon«, sagt er. »Genau genommen bist du weggelaufen.«

Ich fahre mit der Zunge über die Lippen. »Ich dachte, darüber wären wir schon hinaus. Unsere neue Abmachung. Roulette. Die Kugel auf Rot.«

»Und bisher genieße ich unsere Abmachung«, sagt er, was mich etwas verwirrt, da er mich bis dato ja noch nicht berührt hat. Nicht wirklich. Aber ich nehme an, dass das Teil des Spiels ist.

Aber wovon er jetzt spricht … ich schüttle unsicher den Kopf. »Was willst du?«

»Das war eine schlimme Sache, die du da gemacht hast Jamie. Wir beide wissen das.«

»Mag sein«, sage ich und bin immer noch skeptisch.

»Strippe für mich.«

Ich blinzle. »Wie bitte?«

Er lehnt sich in der Couch zurück, die Arme an der Rückenlehne ausgestreckt. Er sieht entspannt und kraftvoll aus und hat entschieden das Sagen. »Ich sagte, du sollst strippen.«

»Warum?«

Sein Mund verzieht sich zu einem trägen, verführerischen Lächeln. »Weshalb glaubst du?«

Mein Mund ist trocken und meine Knie plötzlich schwach. Was immer er auch vorhat, ich weiß, dass ich es will — und dennoch bin ich nervös. »Ich glaube, du willst mich bumsen«, sage ich und kann den hoffnungsvollen Unterton nicht weglassen.

»Nein«, sagt er entschieden. »Ich werde dich bestrafen.«

»Hunter —«

Er lächelt. »Ja, so ist es. Ich mag das. Du nennst mich Hunter, wenn du weißt, was kommt.«

»*Ryan*«, sage ich bestimmter und bringe ihn zum Lachen.

»Es ist nutzlos, Kätzchen. Sei jetzt still. Sei still und zieh deine Klamotten aus. Ich versichere dir Jamie, du solltest mich nicht reizen.«

Ich bin versucht, genau das zu tun, um zu sehen, wie weit er das Spiel treiben will. Ich will aber auch das, wovon ich weiß, dass er es mir geben wird. Seine Hände, seinen Schwanz, seinen Körper.

Aber von all dem bekomme ich nichts, bevor ich nicht strippe. Bevor er mich nicht bestraft.

Ich kann mich erinnern, was er mir in der ersten Nacht in Malibu gesagt hat — wie er mir den Hintern versohlen wollte. Und ich erinnere mich auch daran, wie feucht mich allein der Gedanke daran gemacht hat.

Er macht mich auch jetzt feucht.

»Wirst du mir den Hintern versohlen?«

»Sprich nicht«, wiederholt er, »oder ich werde heute Abend alleine essen. Mach weiter«, drängt er. »Ich möchte dir dabei zusehen, wie du für mich strippst.«

Ich sage nichts, gehe aber ein paar Schritte zurück, um vor ihm zu stehen. Langsam schäle ich mich aus meinen Kleidern, ein Teil nach dem anderen, bis ich splitternackt vor ihm stehe. Ich kann die Lust in seinen Augen sehen und weiß, dass er sich darauf freut.

Und ich natürlich auch.

Ich lächle kühn und gleite dann mit der Hand hinunter und über mein Genital, nur weil ich mich ein klein wenig selbst bestrafen möchte. »Ich bin feucht«, sage ich und stecke dann meinen Finger in meinen Mund.

»Herrgott, Jamie«, sagt er. Und da ich jetzt seine geballte Aufmerksamkeit habe, entschließe ich mich noch einen Schritt weiterzugehen und auszuloten, wie verrückt ich ihn machen kann.

Ich komme näher, beuge mich über seinen Schoß, sodass mein nackter Hintern direkt vor ihm landet. »Verhau mich«, sage ich. »Du weißt, du willst es.«

Mein Schambein drückt gegen seinen Schoß und ich fühle, wie seine Erektion anwächst. Ich schließe meine Augen und genieße das Gefühl seiner Hand, die einen sanften Kreis auf meinen

Hintern reibt. Und dann ist seine Hand plötzlich fort und an ihre Stelle tritt nur einige Augenblicke später ein kurzer brennender Schmerz.

Ich schreie vor Überraschung und Schmerz zugleich auf — und als seine Handfläche rasch über die betreffende Stelle streicht, entspanne ich mich und atme tief durch, während sich die Ausläufer des Schmerzes ausbreiten und sich in Elektroschocks verwandeln, die durch mich hindurchzischen und sich dabei besonders auf mein Geschlecht konzentrieren, das jetzt nur noch heißer ist. Und noch bedürftiger.

»Magst du das?«, sagt er. An seiner zunehmenden Erektion kann ich ablesen, dass er es genießt.

»Ja — es ist …« Ich suche nach dem passenden Wort. »Befreiend«, sage ich schließlich, weil es genau zutrifft. Das Brennen und der Schmerz lassen mich abheben und machen mich frei für noch intensivere Leidenschaft.

»Nochmal«, sagt er und gibt mir einen weiteren Klaps, dem umgehend ein nächster folgt. Er versohlt und streichelt mich, verursacht Schmerz und dann Lust. Schraubt mich empor und wirbelt mich wieder nach unten.

Ich habe das noch nie zuvor gemacht. Das noch nie empfunden.

Und es gefällt mir. Oh Gott, ich mag das.

»Hunter«, flüstere ich, als meine Möse in stillem Verlangen nach seiner Berührung pocht. »Kann ich jeden Tag ungezogen sein?«

Er lacht und reibt dann seine Hände auf meinem Arsch, meinem Rücken, meinen Schultern. »Du bist perfekt, Jamie. Du bist entzückend. Und was deine Bestrafung betrifft, so richtet sich diese danach, wie ungezogen du bist. Im Augenblick denke ich, dass du ausreichend bestraft wurdest.«

Ich seufze, kämpfe mich zurück durch die Wogen der Lust und das wonnige Prickeln von Schmerz und Verheißung.

»Ich nehme an, das gefällt dir?« Seine Stimme ergießt sich sanft über mich, kräftig und berauschend, wie das weiche Brennen von Whiskey.

»Ja«, gestehe ich und mein Körper zieht sich zusammen vor unerfüllter Begierde. »Aber bitte Hunter. Wirst du mich jetzt vögeln?«

»Nein«, sagt er ruhig. »Jetzt werde ich dich füttern.«

Kapitel Zehn

Wie im Rest des Hotels kennt man Ryan auch im Restaurant. In dem Augenblick, da wir durch die Tür marschieren, kommt ein eleganter Herr mit grau melierten Schläfen und perfekter Haltung mit großen Schritten auf uns zu.

Der Raum selbst ist, so wie alle anderen Räumlichkeiten des Hotels, die ich bis jetzt gesehen habe, wunderschön. Die Wände sind mit dunklem Mahagoniholz verkleidet und die Tische mit frisch gestärkten Tischtüchern überzogen. Massive, bequem anmutende Stühle mit warmer roter Lederpolsterung sind rund um die Tische platziert.

Die Kunstwerke sind ansprechend. Hyperrealistische Bilder von Weinflaschen und Gläsern, jedes einzelne davon überlebensgroß und farbenprächtig. Die Beleuchtung ist gedämpft, aber nicht zu dunkel, und die Akustik gut genug, um deine Begleitung zu verstehen, aber nicht so gut, dass man die Gespräche am Nebentisch belauschen könnte.

Und das Beste: es riecht unglaublich gut.

»Herr Hunter, wie schön sie wiederzusehen. Ihren gewohnten Tisch?«

»Nein Stephen, nicht heute Abend. Meine Begleitung und ich möchten heute gerne etwas unter uns sein. Ist Station zwölf frei?«

»Ja, sie ist frei«, sagt Stephen und führt uns zu einer runden Nische im hinteren Teil des Restaurants, von wo aus wir den restlichen Raum überblicken können und uns doch irgendwie abgetrennt fühlen. Ich denke, es ist der perfekte Tisch für ein Date.

Ryan bestellt Wein und Austern und Stephen quittiert die Bestellung mit einem Kopfnicken, bevor er uns wieder alleine lässt.

»Wenn das nicht dein Tisch ist«, beginne ich sofort, als Stephen außer Hörweite ist, »wo sitzt du dann sonst mit deinen Frauen?« Ich sage das mit einem neckenden Unterton, aber ehrlich gesagt will ich es einfach wissen. Ich bin nicht eifersüchtig — nicht wirklich. Mein Neugierpegel grenzt an intensiv.

»Ich habe noch nie eine Frau hierhin ausgeführt«, sagt er.

»Weil du immerzu arbeitest, wenn du ins Starfire kommst?«

»Nein«, sagt er. »Ich kann jederzeit in die Suite.«

»Oh«, sage ich und finde diese pikante Info unglaublich faszinierend.

Er beugt sich vor und gibt mir einen flüchtigen Kuss auf die Lippen. »Ich war noch mit keiner Frau hier«, sagt er, »weil es noch nie eine gab, die ich hätte hierher bringen wollen.«

Ich zwinge mich, nicht zu grinsen wie ein Idiot. Schließlich sollte ich keinerlei Interesse an Ryans Datingvergangenheit haben. Nicht jetzt. Und schon gar nicht, wo ich ja in wenigen Tagen nach Texas zurückgehe.

Das ist alles richtig, und doch kann ich nicht leugnen, dass ich das Entzücken bis in meine Wirbelsäule spüre. Dieses Wissen lässt meinen Körper kribbeln, da ich zumindest in diesem kleinen Punkt einzigartig und besonders für ihn bin.

Ich räuspere mich, um meine Freude zu verbergen. »Ich habe nicht gewusst, dass du vor mir enthaltsam warst«, necke ich ihn.

»Sind Sie auf Komplimente aus Miss Archer?«, fragt er. »Sollte ich mich geschmeichelt fühlen?«

Ich blicke finster. »Geschmeichelt?«

Er fährt mit der Hand über mein Bein, wodurch der Seidenstoff meines Kleids provokant auf meiner Haut reibt. »Weil du eifersüchtig auf meine früheren Dates bist.«

Ich lecke meine Lippen, meine Beine sind nun warm, mein Geschlecht prickelt. »Wir haben ja kein Date.«

»Du hast Recht. Ich werde mich anders ausdrücken. Bist Du eifersüchtig auf die anderen Frauen, mit denen ich gevögelt habe?«

Was zum Teufel, denke ich, und antworte dann. »Ja«, sage ich keck. »Das bin ich.«

Er lächelt triumphierend. »Gut.« Der Griff seiner Finger auf meinem Oberschenkel wird fester, er beugt sich vor und küsst mich auf die Wange. »Ich verrate dir jetzt ein Geheimnis, Kätzchen. Ich hatte viele Frauen. Du bist die Einzige, die mir wahrhaftig unter die Haut geht.«

Bei diesen Worten durchfährt mich ein kalter Schauer. Ich fühle mich wie ein Opfer, das in Schockstarre verfällt. Ich glaube aber nicht, dass es Angst ist. Ich denke, es ist Hoffnung. Süße, köstliche, furchterregende Hoffnung. »Sei bloß vorsichtig«, sage ich rasch, noch bevor er mein Schweigen analysieren kann. »Du wirst die Regeln brechen. Du wirst mich aus dem Lot bringen.«

»Davon würde ich nicht mal träumen«, sagt er. »Ich frage mich aber, ob nicht vielleicht ich Grund zur Eifersucht haben sollte?«

»Vielleicht solltest du«, sage ich flapsig. »Ich war mit vielen Männern in der Kiste.«

Die Wörter gehen mir leicht über die Lippen. Herrje, *er* macht es so einfach. Vielleicht ist es so, weil ich weiß, dass das hier ja etwas Vorübergehendes ist, das ein Ende hat, wenn wir in Dallas angekommen sind. Oder vielleicht, weil es eben Ryan ist.

Oder aber, weil wir zuerst Freunde waren, selbst wenn ich mir ganz tief im Verborgenen letztendlich viel mehr wünsche. Ich weiß nur, dass es sich gut anfühlt.

Er mustert neugierig mein Gesicht. »Wie viele von ihnen haben dir etwas bedeutet? Von den Männern, mit denen du gebumst hast?«

»Drei«, sage ich locker vom Hocker. »Der erste, weil er ein echter Freund war, und wir niemals so dumm hätten sein sollen. Beim zweiten glaubte ich zuerst, es sei echt, habe mich aber getäuscht. Ich dachte, er hätte mir das Herz gebrochen, aber eigentlich hat er nur meinen Stolz verletzt.«

»Dein Freund Ollie«, sagt er. »Und der zweite ist der Leinwandarsch?«

»Japp. Bryan Raine. Ein außergewöhnlicher Fiesling.«

»Und der Dritte?«

Ich schaue ihn an, antworte aber nicht auf seine Frage. Stattdessen lächle ich nur.

Ich denke, dass er versteht. Sein Gesichtsausdruck ist aber fast traurig, als er sagt: »Du verheizt die Männer, als wärst du auf der Suche, Kätzchen. Was glaubst du zu finden?«

Ich schüttle den Kopf. »Weiß nicht«, sage ich. Was ich sagen will, ist *dich*.

Die Bedienung kommt mit einer Flasche Wein, und nachdem Ryan diese verkostet hat, schenkt sie jedem von uns ein. Ich brauche jetzt unbedingt einen Schluck, aber noch bevor ich einen nehmen kann, umschlingt Ryan meine Finger mit seinen. »Vielleicht brauchst du Texas oder deinen Plan ja gar nicht. Kann sein, dass du einfach nur einen Mann brauchst, der dich erdet.«

»Kann sein.« Ich zucke mit den Achseln. »Ich weiß nicht. Ich treffe schlechte Entscheidungen.«

»In der Vergangenheit ja«, sagt er. »Aber wie lange willst du diesen Vorwand noch als ein Pflaster für deine Angst verwenden?

Mein Kopf schnellt schlagartig nach oben. »Ich habe keine Angst.«

»Zum Teufel damit, dass du keine hast. Du hast Angst vor mir. Du hast Angst davor zu bleiben.«

Ich schaue weg, da er Recht hat. »Das ist etwas anderes.«

Er antwortet nicht, weil er vermutlich weiß, dass er Recht hat und meine Ausreden reiner Quatsch sind.

Ich ziehe meine Hand weg und nippe an meinem Weinglas.

»Mein Aussehen ängstigt mich am meisten«, sage ich. Darüber rede ich normalerweise mit niemandem, aber ich will diesem Mann unbedingt nahe sein. Ziemlich töricht, wenn man bedenkt, dass ich ja im Begriff bin, ihn zu verlassen, aber ich kann mich gegen meine Wünsche nicht behaupten.

Sein Lächeln ist süß und aufrichtig. »Was dein Aussehen betrifft, gibt es überhaupt nichts Furchterregendes, Kätzchen.«

Ich lächle zurück, weil ich weiß, dass er mir damit ein Wohlgefühl vermitteln will. »Ich, weiß, dass du mich hübsch findest«, sage ich.

»Schön«, korrigiert er mich.

»In Ordnung. Auch dagegen habe ich nichts einzuwenden, weil ich wirklich glaube, dass du mich richtig wahrnimmst. Aber die meisten Leute …« Ich verstumme achselzuckend. »Ich hatte immer Angst, dass mich überhaupt niemand wahrnehmen würde. Sie haben einfach nur die schmucke Beute gesehen.« Ich nehme wieder einen kleinen Schluck Wein. »Ich bin von einer Menge Jungs verletzt worden, sobald ich erkannte, dass es ihnen verdammt nochmal egal war, was in meinem Kopf vor sich geht. Sie waren nur darauf aus, mein Gesicht, meine Titten und meinen restlichen Körper an ihrem Arm zu haben.«

Er greift nach meiner Hand und drückt sie.

Ich zucke die Schultern. »Es ist okay. Ich habe es ja schnell genug erkannt. Und dann habe ich den Spieß umgedreht. Ich habe es als Mittel zum Zweck genutzt. Mein wahres Ich haben sie ja sowieso nie gesehen. Deshalb habe ich letztendlich entschieden, dass ich es auch nutzen könnte, wenn ich es schon habe.« Mein Lächeln wird dünnlippiger. »Ich bin pragmatisch und stehe dazu.«

»Kann schon sein, aber du kannst der Realität nicht entrinnen. Und zu dieser Realität gehört nun mal, dass du hübsch bist. Das ist kein Unheil. Und auch kein Instrument. Ich habe ein paar Aufnahmen gesehen, die Nikki von dir gemacht hat. Auf Fotos machst du wirklich eine außergewöhnlich gute Figur. Aber das ist nicht auf deine unglaublichen Wangenknochen zurückzuführen oder die süße Schnute, von der sich jeder Mann wünscht, sie um seinen Schwanz zu sehen«, sagt Ryan und entlockt mir dadurch ein Grinsen. »Du hast Ausstrahlung, Jamie. Du strahlst. Du betrittst einen Raum und —«

»Wie machst du das?«, frage ich.

»Was?«

»Dass ich mich besonders fühle.«

Sein Lächeln ist so sanft, dass es mein Herz anschwellen lässt. »Vielleicht bist du besonders.«

Er hebt seine Hand und Stephen kommt zu uns herüber und bringt eine flache, quadratische Schachtel, die in Silberpapier verpackt ist. »Ich habe was für dich gekauft«, sagt Ryan zu mir. Er nimmt Stephen die Schachtel aus der Hand und stellt sie vor mir ab. »Mach sie auf.«

»Ryan.« Ich kann gar nicht aufhören zu grinsen, strecke meine Hand nach der Schachtel aus und ziehe sie an mich ran. Es ist eine Schachtel aus einem Juweliergeschäft, deshalb sind Deckel und Unterteil einzeln verpackt. Ich muss also nur die Schleife lösen und den Deckel abnehmen. Im Inneren finde ich eingebettet in Seidenpapier das atemberaubende Silberhalsband. Und an der Lasche in der Mitte hängt nun ein hübsches Silberschloss.

Ryan fährt mit der Fingerspitze über das Schloss. »Weil ich dich einschließen und bei mir behalten will. Weil ich dich immer fest in meinem Herzen eingeschlossen halten will. Du kannst es dir aussuchen Jamie. Beides ist gleichermaßen wahr.«

Seine Worte lassen Tränen in mir hochsteigen, weshalb ich mich allein auf das Geschenk konzentriere. »Es ist unglaublich. Ich danke dir.«

»Wirst du es tragen?«

Ich erinnere mich, worüber wir im Laden gesprochen hatten. Wenn ich es trage, dann bedeutet das, dass ich ihm gehöre. »Ja«, sage ich. »Das werde ich.«

Er hilft mir beim Anlegen. Anfangs fühlt es sich etwas merkwürdig an — ich besitze ein paar Halsbänder, trage sie aber sehr selten. Ich weiß jedoch, dass ich mich sicher daran gewöhnen werde. Mehr noch. Irgendwie fühlt es sich gut an, dass es meine Haut berührt. Es erinnert mich an das, was ich bin. Und zu wem ich gehöre.

»Gefällt es dir?«

Ich habe keinen Spiegel bei mir — meine Handtasche habe ich im Zimmer gelassen — aber ich kann es fühlen und mir vorstellen, wie es aussieht. Aber das ist ja sowieso nicht das Wichtigste an dem Halsband. Und als ich mich zu ihm umdrehe, lächle ich. »Natürlich gefällt es mir«, sage ich. »Dadurch gehöre ich dir.«

Ich sehe das unbändige Feuer in seinen Augen, als er mir mit der Hand über die Wange streichelt. »Ja«, sagt er. »So ist es.«

Ich beuge mich vor, um ihn zu küssen, werde jedoch durch die Ankunft der Bedienung mit unseren Austern unterbrochen. Ryan sieht mich an, und der Glanz in seinen Augen kann nur als diabolisch bezeichnet werden. »Ich habe vergessen zu fragen«, sagt er. »Magst du Austern?«

»Ich habe eigentlich noch nie welche gegessen«, gebe ich zu. »Jedenfalls nicht auf der

Halbmuschel.«

»Wirklich?«

»Echt schlimm, nicht wahr?«, sage ich mit einem Wehe-mir-Ton in der Stimme. »Ich hatte bisher so ein behütetes und biederes Leben.«

»Sehr rein«, sagt er. »Und sehr behütet.«

Ich grinse.

»In jedem Fall ist es an der Zeit, für ein paar Abenteuer zu sorgen. Ich denke, sie werden dir gefallen. Vertraust du mir?«

»Das weißt du doch«, mein Tonfall ist jetzt todernst.

Er schaut mir in die Augen und, was ich in dem fulminanten Blau sehe, lässt Wärme in mir aufsteigen. »Ich bin sehr glücklich, das zu hören«, sagt er.

Die Austern sind kunstvoll auf einer Platte rund um eine Halbmuschel voll roter Sauce platziert. »Öffne deinen Mund«, sagt er, als er einen Teelöffel in die Sauce eintaucht und diese dann auf eine der Austern tupft. »Es gibt Geschichten, wonach Casanova täglich fünfzig davon zum Frühstück verspeist hat«, fügt er hinzu und seine Stimme ist leise und fest.

Ich tue, was er sagt und öffne meinen Mund, obwohl ich überhaupt nicht weiß, was mich erwartet. Ich vertraue ihm aber. Mehr noch, ich will diesen Moment.

Er nimmt seine Augen keine Sekunde von meinen, während er die Austernschale hochnimmt und zu meinen geöffneten Lippen führt. »Gut so. Jetzt musst du saugen und die Auster einfach nur deinen Rachen hinuntergleiten lassen. Oh Gott, Jamie, du machst mich echt fertig«, fügt er hinzu, als ich seinen Anweisungen Folge leiste und dann meine Zungenspitze dazu verwende, den letzten Rest Sauce aufzunehmen.

»Köstlich«, flüstere ich, bin mir aber nicht ganz sicher, ob ich damit die Auster oder den Moment meine.

»Du weißt ja, was man gemeinhin über Austern sagt, nicht wahr?« Ryan stellt diese Frage, als er gerade eine weitere Auster zu seinem Mund führt. »Warum sonst sollte ein Mann wie Casanova so viele davon essen?«

»Dann sag mir doch warum«, sage ich, obwohl ich die Antwort natürlich bereits kenne.

»Man sagt, Austern wären ein Aphrodisiakum«, sagt er und nimmt eine weitere davon.

»Ist das so?« Ich greife mir eine weitere Muschel und betupfe deren Inhalt mit etwas Sauce. Dann führe ich sie zum Mund und sauge die Auster ganz langsam ein, während er mir dabei zusieht. Dabei ist das Verlangen auf seinem Gesicht so messerscharf, dass es an ein Wunder grenzt, dass es mich nicht in Stücke schneidet.

Ich schlucke, dann setze ich ein süßes Lächeln auf und zeige auf die Austern. »Ich weiß nicht, ob ich mich nun geschmeichelt fühlen sollte, weil du mich verführen willst, oder eher beleidigt, weil du für den Versuch so viel Unterstützung benötigst.«

»Vertrau mir«, sagt Ryan. »Es gibt nichts, was ein Aphrodisiakum für mich tun könnte, was deine Präsenz hier bei mir nicht viel besser zustande bringt.«

In seiner Stimme schwingt ein Hauch von Sündhaftigkeit, die mir einen kurzen Schauer über mein Rückgrat jagt. »Freut mich sehr, das zu hören«, sage ich.

Er nimmt einen kleinen Schluck Wein. »Ich möchte, dass du jetzt etwas für mich tust.«

Skeptisch verenge ich die Augen. »Was?«

»Zieh deinen Slip aus.«

Ich hebe meine Augenbrauen. »Ähm, nein.«

Er neigt seinen Kopf, sein Gesichtsausdruck ist streng. »Ich glaube mich daran zu erinnern, dass wir uns bezüglich der Regeln bereits geeinigt haben.«

»Meine Antwort«, sage ich, »ist immer noch nein. Nicht weil ich widerspenstig bin, sondern weil ich gar keinen Slip trage.«

Das Flackern in seinen Augen verrät mir, dass ich ihn damit überrascht habe. »Ach wirklich. Nun, in diesem Fall …«

Die Hand, die eben noch auf meinen Oberschenkel war, bewegt sich nach oben und seine Finger gleiten in die Geheimtasche. Ich ringe aber nach Luft, als ich die warme Berührung seiner Fingerspitzen auf meinem nackten Schenkel spüre.

Ich wende mich, wie vom Blitz getroffen. »Was — wie —?«

»Ich habe echt nicht verstanden, welchen Sinn die Tasche hat, wenn das Teil ohne den Saum doch viel praktischer gewesen wäre.« Er grinst frivol. »Uneingeschränkter Zugang.«

»Aber —«

Mit seiner anderen Hand bringt er mich durch einen Finger auf meinen Lippen zum Verstummen. »Spreize Deine Beine«, sagt er.

»Wir sind in einem Restaurant.«

»Ich hoffe also, dass du das Schreien unterlässt, wenn ich dich zum Orgasmus bringe.«

»Ryan«, sage ich, aber obwohl mein Tonfall Protest vermuten lässt, tun es meine Handlungen nicht. Ich öffne meine Beine, und als seine Hand nach unten gleitet und mich bereits nass und erregt vorfindet, entfährt Ryan ein leises Pfeifen.

»Es gefällt dir genauso wie mir«, sagt er, »in der Öffentlichkeit zu kommen. Zu wissen, dass du mir gehörst. Dass ich dich überall berühren und dich überall für mich kommen lassen kann.«

Seine Finger gleiten über mich und ich bin

nass — so nass, dass ich seine Worte keinesfalls in Abrede stellen kann.

Eine Bedienung kommt, um zu sehen, ob wir noch genug Wein haben, und fragt, ob wir unser Essen bestellen möchten. Ich schaffe es gerade noch, freundlich zu lächeln, während Ryans Finger mich streicheln, in mich eintauchen, mich höher und höher fliegen lassen.

Als wollte er mich quälen, fragt er nach den Gerichten der Tageskarte, woraufhin die Bedienung sie nacheinander aufzählt. Ich fasse unter den Tisch und umklammere mein eigenes Knie, versuche, den Drang mich zu Winden zu unterdrücken und seine Hand dazu zu bringen, sich schneller, fester zu bewegen. Mich in ungeahnte Höhen zu befördern.

Nachdem die Bedienung wieder von der Bildfläche verschwunden ist, attackiere ich ihn. »Scheißkerl!«, fahre ich ihn an. Er aber reagiert mit einem Kuss auf meine Lippen und flüstert dann, »Komm für mich. Komm jetzt für mich, Kätzchen«, während er tief in mich hineinstößt.

Ich packe die Tischkante und starre verdattert in die Luft und zwinge meinen Körper, sich nicht zu bewegen, als die Wogen des Orgasmus durch mich hindurchfahren. Es ist, als würde die ganze Energie, die ganze Kraft der Explosion, in meiner Möse zentriert bleiben, während mein Körper sich immer weiter um die in mich dringenden Finger zusammenzieht. Alles im Geheimen, verborgen in meinem Rock und unter der Tischdecke dieses schicken 5-Sterne-Restaurants.

»Ich hasse dich«, sage ich, als ich langsam wieder herunterkomme.

»Nein«, sagt er. »Das stimmt nicht.« Er macht eine kurze Pause und zieht dann seine Hand unter meinem Kleid hervor. »Ich habe noch ein Geschenk für dich«, sagt er.

Ich beschließe, dass es sicherer ist, nicht danach zu fragen, woraufhin er in seine Tasche greift und eine Spule mit Band und einem Haken am Ende herauszieht.

»Was ist das?«

»Eine Leine«, sagt er und seine Augen funkeln. »Man kann sie in die Lasche einhaken, und das sogar mit dem Schlossanhänger des Halsbands.«

Ich lächle und empfinde das als Herausforderung. »In Ordnung«, sage ich. »Mach sie fest. Und dann bring mich ins Zimmer und besorge es mir so richtig. Du arbeitest aber doch hier Ryan. Ich frage mich, was die Leute wohl denken werden.«

»Vermutlich, dass ich der glücklichste Mann in Vegas bin. Aber du hast nicht Unrecht.« Er langt zu mir herüber und hakt den Clip ins Halsband ein. Dann lässt er die Leine nach unten hängen, verstaut das lange Ende in meinem Ausschnitt, so dass die restliche Leine unter meinem Rock verschwindet.

Ich hebe eine Braue. »Die Leute werden es trotzdem merken.«

»Lass sie doch.«

Ich lecke über meine Lippen, immer noch erregt und mehr als nur gewillt das Ganze fortzusetzen. »Ryan«, sage ich. »Wie wäre es für dich, wenn wir das Abendessen ausfallen lassen?«

Er lacht. »Dagegen hätte ich überhaupt nichts einzuwenden, mein Schatz.«

Er wartet, bis wir den Aufzug verlassen haben und den Flur entlang zum Penthouse gehen, bis er die Leine hervorholt. Als er es tut, gefällt es mir dann doch. Es fühlt sich gut an, ihm zu gehören, beruhigend, zu wissen, dass er da ist. Dass ich ihm vertrauen kann. Zu ihm gehen.

Mit ihm reden.

Ein Anflug von Bedauern schleicht sich bei mir ein, wenn ich daran denke, dass das hier alles nur vorübergehend ist. Ich schiebe den Gedanken aber gründlich von mir weg. Gerade eben lebe ich nur für den Moment. Und nur nach unserer Vereinbarung.

An der Eingangstür bleibe ich ungeachtet des Zugs der Leine kurz stehen. Er dreht sich mit vorgetäuschter Missbilligung im Gesicht nach mir um. Ich lächle. »Bitte mein Herr«, sage ich und beobachte dabei, wie sein Mund amüsiert zuckt. »Bringst du mich jetzt ans Fenster?«

Er tut es und wir stehen gemeinsam dort und bestaunen die hell erleuchtete Skyline von Las Vegas.

»Alle Frauen auf der Welt«, beginne ich. »Du könntest jede von ihnen haben, das weißt du.«

»Nicht jede«, sagt er. »Wahrscheinlich nur neunzig Prozent. Allerhöchstens fünfundneunzig.«

Ich lächle und werde gleich wieder ernst. »Du hast mich ausgewählt.«

Er stellt sich hinter mich, drückt dann seine Hände auf meine Schultern und küsst mich auf den Kopf. »Nein Kätzchen«, sagt er, »wir haben uns gegenseitig gewählt.«

Ich drehe mich um und sehe erneut zum Fenster hinaus. »Ja klar«, sage ich zu unserem Spiegelbild. »Das haben wir.«

Ich neige meinen Kopf und lächle ihn an, bevor ich meine Finger vom enganliegenden Halsband über die Leine bis zu seiner Hand wandern lasse. »Was hast du jetzt, da du mich hierher gebracht hast, mit mir vor?«

»Oh, da fällt uns bestimmt etwas ein«, sagt er, löst dann den Nackenträger meines Kleids und öffnet den Reißverschluss am Rücken. Der feine Stoff gleitet hauchzart an mir herunter und lässt mich nackt zurück, ausgenommen das Silberhalsband, das Schloss, die Leine aus rotem Band und meine Sandalen mit den 10 cm hohen Absätzen.

»Das«, sagt er, »ist nun wirklich ein hübscher Anblick.«

Er zerrt kurz an der Leine und zieht mich an sich heran. Ich stolpere lachend in seine Arme und schleudere meine Highheels von mir.

»Vielleicht lasse ich mir von dir einfach in diesem Aufzug Wein und Käse servieren.«

»Das würde ich auch. Ich denke aber, dass du etwas Besseres zuwege bringst.«

»Ach ja, ich das glaube ich auch«, sagt er und lässt mich von der Leine. Er nimmt das Band und wickelt es mit seinen Händen auf. »Dreh dich um Jamie«, sagt er und ich füge mich bereitwillig.

»Schließe jetzt deine Augen.«

Ich tue es und spüre dann, wie das Band sanft über meine Haut streift, als er mir damit die Augen verbindet — einmal, zweimal, dreimal, bis es denselben Zweck erfüllt wie eine herkömmliche Augenbinde. Dann zieht er mich nach unten und legt mich auf einen flauschigen Fellvorleger.

Ich erwarte seine Berührung, die aber nicht kommt. Zumindest nicht gleich. Dann höre ich eine fast unmerkliche Bewegung in der Luft und gleich darauf das Klimpern von Eiswürfeln in einem Glas.

»Magst du Bourbon, Kätzchen?«, fragt er, und als ich nicke, spüre ich seinen Finger auf meiner Lippe. Ich ziehe ihn hinein, sauge daran und lausche, wie sich seine Atmung mit der wachsenden Erregung verändert.

Ganz sachte zieht er seinen Finger aus meinem Mund und führt ihn hinunter zu meinem Bauch. Als er meinen Nabel erreicht, bäumt sich mein Körper bei dem flüchtigen kalten Schock durch einen Eiswürfel überrascht auf.

»Du bist köstlich«, sagt er und ich erschaudere, als ich wahrnehme, dass er sich mit Lecken und Küssen einen Weg bahnt und dann an meinem Bauchnabel saugt, was mich ein wenig verrückt macht.

»Ich will dich lieben«, sagt er. Seine Stimme ist dabei so einfühlsam, als würde sie direkt in mein Herz vordringen und es zusammendrücken.

Ich strecke meine Hände nach ihm aus, aber er sagt lediglich: »Nein«, und ich ziehe meine Hände wieder zurück. »Nicht jetzt. Nicht bevor ich sicher bin, dass du bereit bist.«

»Ich bin bereit«, sage ich. »Ich bin immer bereit für dich.«

Seine Antwort ist ein Murmeln, und dann ist er auf mir. Behutsam, liebevoll. Seine Hände, sein Mund. Er streichelt mich, spielt an mir herum, berührt mich und macht mich scharf. Wenn er darauf abzielt, mich in reine Wahrnehmung, in reines Verlangen umzuwandeln, dann hat er sein Ziel vollkommen erreicht.

Ich schmelze, bin willig. Und ich will mehr.

»Bitte«, flehe ich. »Wenn ich dich schon nicht sehen kann, dann lass mich dich zumindest berühren.«

Sachte hebt er meine Hand und drückt sie gegen seine Brust. Sie ist entblößt und ich streiche leicht über die Oberfläche seiner Brusthaare. Mit meiner anderen Hand treffe ich auf seinen Rücken, den ich entlangfahre, bis ich voller Wollust seinen strammen, nackten Hintern unter meinen Fingern spüre.

»Ich kann es kaum erwarten«, sagt er. »Ich will dich, Kätzchen, und ich werde dich jetzt nehmen.«

»Ja«, flüstere ich, hebe meine Hüften und spreize meine Beine. Ich will ihn in mir, auf mir. Ich möchte mich unter seinem Gewicht verlieren, mich von ihm verzehrt fühlen.

Zuerst streichelt er mich, seine Finger machen mich bereit und ich stöhne voll Erwartung und Lust. Dann spüre ich die Spitze seines Schwanzes an meinem Geschlecht, den Druck des Eindringens und den wonnigen Schauer, als er tief in mir ist.

Wir bewegen uns synchron, nehmen

Berührungen vorweg, küssen uns. Es ist sinnlich, romantisch, sanft und unbefangen. Er hat Recht — wir machen Liebe. Und diese süße Wirklichkeit bringt mich einerseits vor Freude dem Weinen nahe, andererseits macht sie mir Angst.

Er liebkost mich, treibt mich immer weiter, bis ich in seinen Armen erbebe und der Orgasmus diesmal wie Wellen über einen von der Sonne beschienenen Teich durch mich hindurchvibriert.

Er kommt viel stürmischer. Er ruft meinen Namen, als er sich ergießt, und ich schmiege mich an ihn, dränge ihn tiefer und tiefer, da ich alles von ihm will.

Wir liegen nebeneinander. Er nimmt mir die Augenbinde ab und lächelt zu mir herunter. Dann zieht er mich an sich heran und hält mich fest.

Ich seufze vor Glück und Wohlbehagen. Und als ich mich an ihm einrolle, versuche ich nicht darüber nachzudenken, wie sehr ich doch bei ihm bleiben möchte, und dass all das nur einen unausweichlichen Schluss haben kann — ich in Texas und Ryan in Kalifornien.

Kapitel Elf

ICH TREIBE AUF dem wogenden Meer, steige und sinke, wobei jede Woge gegen meinen Körper prallt und mich näher, immer näher, ganz nah an die Küste treibt.

Das Wasser ist warm und nass, glatt und sinnlich. Es zieht über meine nackte Haut. Erregend, verführerisch. Fordernd.

Es wird mich hinuntersaugen, das weiß ich, und dennoch kümmert mich das nicht. Ich möchte darin ertrinken, möchte tiefer, tiefer, tiefer sinken …

»Hunter«, raune ich, während ich aus dem Schlaf gleite. Meine Augen öffnen sich zögerlich, und ich blicke hoch in das dunkle Feuer seiner Augen.

Seine Hände bohren sich an beiden Seiten meines Kopfes in die Matratze und stützen ihn, während er sich langsam und gemächlich in mir bewegt. Mein Körper ist mit Leben erfüllt — wach. Ganz bestimmt wacher als der Rest von mir, aber ich bin im Nu wieder voll da.

Ich öffne meine Beine noch weiter, verschaffe ihm Zugang, anerkenne stillschweigend, dass er mich im Schlaf genommen hat — und dass es mir gefällt.

Er stößt fester zu, immer und immer wieder, bis er über mir explodiert und ich ihn dabei beobachten kann, wie der Orgasmus ihn in die Höhe zieht und gleich darauf über mir zusammenbrechen lässt.

Nachdem seine Atmung sich wieder normalisiert hat, streift er mit seinen Lippen sanft über meine. »Guten Morgen.«

Ich erwidere sein Lächeln. »Schöne Art aufzuwachen.«

»Schließlich bist du mir ausgeliefert«, sagt er. »Und ich konnte dir einfach nicht widerstehen, wie du da so nackt und ausgestreckt auf dem Rücken lagst, mit gespreizten Beinen, mich geradezu lockend. Du warst schon feucht«, sagt er. »Feucht und glitschig und heiß. Schon bevor ich dich angefasst habe.«

»Ich habe von dir geträumt«, gebe ich zu. »Und ich habe hiervon geträumt.« Ich lecke mir mit der Zunge über die Lippen, schlucke kurz, da ich mich törichterweise dafür schäme, was ich gerade sagen möchte. »Es gefällt mir. Ich möchte benutzt werden.«

Ich sehe, wie das Feuer in seinen Augen lodert.

»Ach ja, und warum?«

Ich möchte gerade meinen Kopf wegdrehen, aber er hält mich mit einem festen Finger am Kinn davon ab.

»Warum?«, wiederholt er.

»Du weißt es«, sage ich. »Weil ich dir gehöre.« Und dann, weil ich noch nicht genug von ihm habe, drehe ich mich um, setze mich auf meine Beine, so dass ich ihm meinen Hintern entgegenstrecke.

»Ich gehöre dir«, sage ich mit leiser, vielsagender Stimme. Ich blicke über meine Schulter nach hinten. »Bitte. Ich will dich. Ich will dich als Ersten.«

»Jamie, Kätzchen.« Sein Ton ist rau, sein Verlangen nicht zu überhören. »Ich möchte dir nicht wehtun. Wenn du noch nie … ohne Gleitgel …«

»In meiner Tasche«, sage ich. »Ein Überbleibsel aus der Zeit, in der ich noch rumgefickt habe«, ergänze ich und lächle, als er schmunzelt.

Er braucht nur einen Moment, um es zu finden, und ist sofort wieder bei mir. »Bist du sicher?«

Ich möchte ihm sagen, dass ich ihn nicht verlassen will. Dass ich denke, mich möglicherweise in ihn verliebt zu haben.

Aber so etwas kann ich nicht sagen und mich

auch nicht darein fügen. Ich kann mich ihm aber hingeben. »Ja«, sage ich. »Bitte, ja.«

»Dann komm her«, sagt er und zieht mich aus meiner Kniestellung hoch. Er drückt seinen Mund in einem wilden, innigen und wahnsinnig leidenschaftlichen Kuss auf meinen.

»Ich bete dich an«, sagt er, als wir beide nach Luft schnappen. »Ich will dich. Oh Gott, ich begehre dich mehr, als jede andere Frau zuvor. Herrgott, ich bin schon wieder steif.«

»Ich gehöre dir«, sage ich, während er sich an meinem Körper nach unten arbeitet, meine Brüste streichelt und daran saugt und mein Geschlecht dann mit seinen intensiven, schnellen Küssen so lange wäscht, bis ich mich winde und nahezu explodiere, das Rauschen des sich nähernden Höhepunkts in meinem Blut fühlend.

»Dreh dich rum«, sagt er. »So wie vorher, auf deine Knie.«

Ich befolge seine Aufforderung. Seine Hände streichen über meinen Rücken, weich und sinnlich, als wäre ich etwas Zerbrechliches. Seine Finger bahnen sich ihren Weg nach unten, er erkundet mein Hinterteil, seine gegelten Finger gleiten über mich, dringen locker in mich ein, bereiten mich vor.

Ich schließe meine Augen, mein Körper bebt. Analspiele sind mir zwar nicht fremd, aber ich hatte noch nie einen Mann in mir drin. Ich bin froh. Ich möchte Ryan, nur Ryan, und jetzt, da er mich glitschig und bereit gemacht hat, versuche ich, mich zu entspannen. Ich konzentriere mich auf die pochende Erwartung in meiner Muschi, auf meine erhärteten Nippel, auf die wunderbare Empfindsamkeit meiner Haut.

»Du bist bereit, Kleines«, sagt er, woraufhin ich meine Augen schließe, mich entspanne und mich ihm öffne, während er seinen Schwanz gegen meinen engen Zugang drückt. Langsam und vorsichtig manövriert er sich hinein und ich ringe nach Luft, da ich einerseits will, dass er aufhört, andererseits will ich gleichzeitig mehr davon.

»Tue ich dir weh?«, fragt er unter gemächlichen, absichtsvollen Bewegungen.

»Nein«, lüge ich, weil der Schmerz nun mal dazugehört. Etwa so wie zuvor, als er mir den Arsch versohlt hat. Der Schmerz vermischt sich mit Lust und ich will beides. »Es ist okay. Bitte. Mehr. Hör nicht auf.«

Er nimmt mich beim Wort, immer noch behutsam in seinen Bewegungen, nun jedoch mit Nachdruck stoßend, bis mein Körper ihn endlich, willkommen zu heißen scheint und der Schmerz geht fließend in etwas Rotes Seidiges über, das sich anfühlt wie eine Erinnerung an Schmerz, die sich in Lust verwandelt hat.

Ich verlagere meinen Arm, damit ich meine Klitoris berühren kann und so im Gleichklang mit ihm dem Gipfel immer näher und näher komme. Ich komme rasch. Mein Körper ist zu begierig, zu empfänglich und jedes Teil von mir zieht sich zusammen, zieht ihn noch strammer in sich hinein und entreißt ihm ein langes, tiefes Stöhnen.

Er kommt nach mir. Als er kommt, ruft er meinen Namen, zieht mich an sich und hält mich fest umschlungen. »Kätzchen«, murmelt er mit seinen Lippen an meinen Nacken gepresst. »Danke.«

»Wofür?«, frage ich und seine Antwort lässt mich schier zerreißen. »Für dich.«

SPÄTER IN DER Dusche streicht er sanft über meine Wange. »Du bist wundervoll«, sagt er.

»Es freut mich, dass du so über mich denkst«, erwidere ich neckisch. »Ich fühle mich auch wundervoll.«

Das stimmt auch. Mein Körper fühlt sich so richtig durchgefickt an, wunderbar gebraucht. Und die Tatsache, dass Ryan neben mir ist, ist allein schon ein Vergnügen. Dass er dabei auch noch nackt ist, gibt noch ein paar fette Bonuspunkte.

»Oh ja«, wiederhole ich und küsse ihn dann. »Ich fühle mich wundervoll.«

Nachdem wir die Dusche verlassen haben, ist

er innerhalb von fünfzehn Minuten angezogen und sieht sündhaft gut aus.

Ich brauche etwas länger, um wieder Boden unter die Füße zu bekommen. Insbesondere, da heute mein Interview mit Ellison Ward auf dem Programm steht.

Es vergeht eine Stunde, bis ich mich kamerataughlich geschminkt habe. Dann ziehe ich mich an und begutachte das Ergebnis im Spiegel. Da ich ja nicht besonders naiv bin, ist mir klar, dass Ward die meiste Zeit auf dem Schirm erscheinen wird, aber für mich ist dieser Auftritt unter Umständen ein Durchbruch und deshalb möchte ich ihn keinesfalls vermasseln.

»Du siehst umwerfend aus«, sagt Ryan. »Professionell, sexy, feminin und smart. Wenn es nach mir geht, dann sind das alles hervorragende Eigenschaften.«

»Ich schätze deine Anerkennung«, sage ich und nehme dann seinen Kuss entgegen, wenngleich ich ihm nur die Wange hinhalte, um meinen Lippenstift nicht zu verschmieren.

Das Halsband liegt auf der Ablage, wo ich es vor dem Duschen hingelegt hatte. Nun nehme ich es wieder an mich. Ich möchte es gerne tragen, aber es passt wirklich nicht zu meinem Kameraoutfit. Ich bin kurz davor, es Ryan zu sagen — ihm zu erklären, weshalb ich sein

Geschenk, das mich so berührt hat, nicht tragen werde — als er es mir plötzlich wegnimmt.

»Was machst du —« lege ich los, aber er bringt mich mit einem Druck der Fingerspitze auf meine Lippen zum Schweigen. Dann entfernt er mit einem kleinen Taschenmesser das Schloss aus der Lasche am Halsband. Er legt die Kette zurück und drückt mir das Schloss in die Hand. »Damit hast du den Schlüssel zu meinem Herzen«, sagt er und ich schmelze ein klein wenig dahin. »Pass gut darauf auf.«

Ich nicke und gebe dann den Verschluss vorsichtig in meine Jackentasche. Er hat kaum Gewicht, aber ich kann ihn fühlen und er stärkt mein Selbstvertrauen.

Beim Verlassen der Suite kommt ein Kofferträger und übergibt mir eine Parkkarte. »Ihr Ferrari, Miss Archer.«

»Danke«, sage ich, blicke jedoch auf Ryan.

»Meine Leute haben ihn hergeholt«, sagt er. »Die Tankanzeige ist immer noch defekt, der Wagen ist aber vollgetankt. Ich wollte dich fragen, bevor ich ihn nach Texas vorschicke, bloß damit du weißt, dass du mit mir dorthin fährst.«

Ich lächle. »Perfekt«, sage ich. Was ich für mich behalte, ist, dass es perfekt wäre, abgesehen von unserer Trennung am Ende.

Ich gebe das Parkticket erst mal in meine

Handtasche und folge Ryan zum Aufzug.

Er begleitet mich zum Interview, das in Wards Penthouse-Suite stattfindet. Wir fahren mit dem Aufzug ins oberste Stockwerk und betreten dann eine Suite, die unserer ziemlich ähnlich sieht — nur sind hier drin erheblich mehr Leute.

Mein Kameramann ist schon auf seinem Posten, ebenso wie mindestens ein halbes Dutzend Leute, die bei diesem Dreh irgendeine Funktion haben müssen, von der ich aber keinerlei Ahnung habe. Des Weiteren stehen noch fünf oder sechs Personen um ein Buffet herum, das am anderen Ende der Suite, vor dem Fenster aufgebaut ist. Ein paar weitere Leute sind dicht gedrängt um einen Tisch mit Unterlagen, von denen ich annehme, dass es sich um ein Drehbuch handelt.

Ellison Ward kann ich nirgendwo sehen.

Eine gestresste Dame mit aus ihrem wirren, blonden Haardutt herausragenden Stiften eilt auf mich zu. Sie sieht auf ihr Handgelenk und sagt: »Ich bin Birgit. Wir sind schon spät dran.« Obwohl ich fünf Minuten zu früh hier war, schiebt sie mich zu einem kleinen Sofa. Der Kameramann verlässt seine Stellung, um zu mir zu kommen und mir die Hand zu schütteln.

»Leo«, sagt er. »Ich werde zuerst Ellison filmen und dann zu dir zurückblenden und dich aufnehmen, wenn Du die Fragen stellst. Ich möchte mir die Gelegenheit nicht entgehen lassen, etwas Wesentliches vom Promi einzufangen, deshalb läuft es so am besten.«

»In Ordnung«, sage ich. »Wo ist unser Promi?«

Neben mir wirft Birgit einen knappen Blick auf ihre Armbanduhr. »Er sollte lieber auf dem Weg sein, sonst wirft er unseren Zeitplan gehörig durcheinander.« Sie zieht ein Funkgerät aus ihrem Gürtel. »Verdammt nochmal, Carson, ich brauche Ellison.«

»Wir sind unterwegs«, kommt knisternd die Antwort.

In einigem Abstand hinter Leo steht Ryan an eine Säule gelehnt und beobachtet mich. Ich sehe ihn an und lächle. In diesem speziellen Moment fühlt sich alles richtig an. Der Job. Der Mann. Das Leben im Allgemeinen. Ich wünschte, ich könnte diesen Augenblick in Flaschen abfüllen und dicht an meine Brust gedrückt halten.

Es sollte mir aber klar sein, dass es zu schön ist, um dauerhaft zu sein, denn als sich die Flügeltür zum angrenzenden Zimmer öffnet, tritt Ellison Ward mitsamt seiner Gefolgschaft in den Raum. Und dicht hinter meinem Interviewpartner fällt mein Blick auf Bryan Raine.

Allem Anschein nach habe ich auf den Anblick reagiert, denn Ryan sieht mir kurz ins Gesicht und dreht sich dann um, und schaut hinter sich. Als er sich wieder zu mir umdreht, ist offensichtlich, dass er verstanden hat. Sein Gesichtsausdruck ist hart und ich bin mir ziemlich sicher, dass er keine Sekunde zögern würde, Raine umzubringen, wenn er ungestraft davonkommen könnte.

Ehrlich gesagt fühlt sich das irgendwie gut an.

Ich habe keine Ahnung, was Raine hier macht — er stand jedenfalls nicht auf der Besetzungsliste für den Film, die ich erhalten habe — und ich bin wirklich nicht in der Stimmung für Mutmaßungen. Schlimm genug, dass er in meiner Nähe herumschleicht wie eine riesige dunkle Spinne, die nur darauf wartet, mich zu erwischen und auszusaugen.

Meine Ängste sind jedoch albern. Er ist vielleicht ja nur in den Raum gekommen, bleibt aber nicht. Als ich nach ihm Ausschau halte, kann ich keine Spur von ihm finden.

Insgeheim danke ich Schicksal und Universum, schüttle dann Ellison Ward die Hand. Er ist charmant und freundlich und im wahrsten Sinne des Wortes »very british«. Er vermittelt mir umgehend ein Wohlgefühl, und das Interview scheint so gut wie im Kasten. Er ist offen und ehrlich, so dass ich sowohl meine oberflächlichen, als auch tiefer gehende Fragen an ihn richten kann.

Nach einiger Zeit sind die Dreharbeiten beendet. Für mich ist es beinahe unfassbar, wie alles geklappt hat, wie toll Ellison war und wie unglaublich die Welt an sich ist.

Ich verabschiede mich von Ellison und setzte mich dann, während Leo mich nochmals meine Fragen durchgehen lässt. Als er damit fertig ist, kommt Ryan auf mich zu und ich nehme mich zusammen, um mich nicht geradewegs in seine Arme zu werfen.

»Du warst wunderbar«, sagt er.

»Ja, das war sie«, stimmt ihm Leo zu. »Sie hat sich auch super auf die Kamera eingestellt. Du wirst noch gute Arbeit leisten, Jamie. Ich hoffe, dass wir wieder einmal zusammen arbeiten.«

»Danke«, sage ich und lade ihn dann ein, mit uns einen Drink an der Hotelbar zu nehmen. Er lehnt meine Einladung ab und insgeheim bin ich dankbar dafür. Ich hätte ihn gerne bei uns gehabt, aber noch lieber habe ich Ryan ganz für mich allein.

»Ein Drink«, sagt er, während wir im Aufzug nach unten fahren. »Ich hatte vor, dir zur Feier des Tages einen kurzen Abstecher nach Paris zu schenken, aber wenn du das lieber möchtest …«

Ich lache und ziehe ihn dann an mich ran, um ihn erneut zu küssen. Als wir aus dem Aufzug steigen, lache ich immer noch und meine gute Laune hält an, bis wir in der Mitte der Hotelhalle ankommen.

Sie verblasst dort, denn Bryan Raine kommt direkt auf uns zu.

»Jamie«, sagt er. »Entschuldige bitte, dass ich dich droben nicht begrüßen konnte. Ich habe eine Rolle in Johnsons nächstem Film und er wollte, dass ich vorbeikomme und einen Blick ins Drehbuch werfe. Vielleicht können wir ja kurz miteinander anstoßen? Uns darüber austauschen, was alles passiert ist?«

Fest umklammere ich Ryans Hand. »Nein«, sage ich. »Ich finde nicht, dass wir das sollten.«

Ich gehe weiter und halte mich dabei an Ryans Hand fest. »Arschloch«, murre ich, als wir an die Bar kommen. »Schau mich an«, sage ich, als wir uns setzen. »Meine Stimmung war blendend, bis er gekommen ist und sie mir total versaut hat.«

»Hey«, sagt Ryan und drückt meine Hand. »Vergiss ihn.«

Ich nicke. »Ich weiß. Du hast Recht. Scheiße.« Ich stehe wieder auf. »Bestell mir etwas Tolles. Ich gehe nur kurz zur Toilette.

Ich entferne mich in Richtung Damentoilette. Dort verbringe ich die nächsten fünf Minuten damit, mich selbst im Spiegel anzustarren und mich dabei zu fragen, was zum Teufel eigentlich los ist mit mir.

Als ich wieder herauskomme, bin ich ruhiger — zumindest solange bis ich sehe, dass

Bryan bei Hunter steht und aussieht wie eine Gazelle in der Falle, an die sich ein Löwe heranpirscht. Hunter sagt noch etwas. Daraufhin schießt Bryan wie ein Blitz davon, ohne mich zu bemerken, als er an mir vorbeirast.

»Was zum Teufel?«, frage ich Hunter gleich nach meiner Rückkehr.

»Ich habe ihm gesagt, dass er sich verflucht nochmal von dir fernhalten soll«, sagt er und nimmt dann einen Schluck Scotch. »Ich habe dir einen Cosmopolitan bestellt. Scheint ein flotter Drink zu sein.«

Der Drink interessiert mich jetzt aber überhaupt nicht. »Hast du ihn gerade eben verjagt?«

»Ja«, sagt Ryan.

Ich schüttle den Kopf, ein wenig verwirrt und ein wenig verärgert. Ehrlich gesagt bin ich nicht sicher, was ich fühle, außer einen Anflug von Angefressenheit. Hatte ich das mit dem Arschloch nicht eben selbst geregelt?

»Ich brauche dich nicht als Wachhund«, sage ich. »Ich hatte das selbst im Griff, findest du nicht? Ich gehöre nicht in deinen beruflichen Zuständigkeitsbereich.«

»Du hast Recht«, sagt er so knapp, dass ich auch eine Irritation seinerseits wahrnehmen kann. »Du bist keine berufliche Aufgabe für mich. Du bist die Frau, die ich liebe.«

Ich erstarre, denn seine Worte treffen mich wie ein Schlag ins Gesicht. Ich schüttle automatisch den Kopf. *Die Frau, die ich liebe.*

Ich würde das gerne glauben — Herrgott, wie gerne ich das doch glauben würde. Aber es kann nicht wahr sein. Und selbst wenn …

Ich fahre mir mit den Fingern durchs Haar. »Hunter«, sage ich. »Hunter, mach das nicht.«

»Ich liebe dich Jamie. Bleib. Gehe nicht nach Texas. Bleib bei mir.«

Ich antworte mit einem Kopfschütteln und bemühe mich mit allen Kräften, meinen Verstand walten zu lassen. Wenn ich nämlich nur meinen Gefühlen folge, dann weiß ich, dass ich verloren bin. Das ist schließlich die alte Jamie. Die Jamie, die Mist baut. Die Jamie, die sich um den Finger wickeln lässt und aus ihrem Leben ein Schlamassel macht und dann nach Hause zu Mami und Papi laufen muss, damit sie wieder auf die Beine kommt.

Die neue Jamie *denkt.*

Wenn die neue Jamie doch verdammt noch mal wüsste, was sie hiervon halten soll.

Ich sehe ihn verschwommen und mir wird klar, dass ich heule. Die Tränen wische ich mir unsanft mit dem Handrücken aus dem Gesicht. Wie kann ich mich nur so elend fühlen, frage ich mich. Dieser Mann liebt mich. Und dennoch …

»Das kannst du unmöglich«, flüstere ich. »Du kennst mich doch kaum.«

Es stimmt. Aber habe ich mich nicht auch in ihn verliebt? Hatte ich mir das nicht schon selbst eingestanden? Versuchte ich nicht bereits, die Realität vor mir zu verbergen?

»Wir kennen uns kaum«, fahre ich fort und spreche diesmal uns beide an.

»Weshalb sollte man Zeit brauchen, um sich zu verlieben?«, fragt Ryan. »Wenn der Funke groß genug ist, dann kann es einen schnell erwischen.«

Ich sehe ihn nur an und will seinen Worten glauben.

»Und ging denn alles wirklich so schnell, Jamie?«

»Wir hatten ja noch nicht mal ein Date«, protestiere ich.

»Ich bin absolut nicht interessiert daran, dich zu daten. Daten hat etwas mit Sondieren zu tun. Eine Art Erforschen sozusagen. Ich kenne dich aber bereits Jamie. Ich kenne dich und ich will dich. Und ich liebe dich.«

Er nimmt meine Hand und für einen Augenblick ist die ganze Welt in Ordnung. Dann aber werfe ich einen Blick hinüber zur Bar, quer durch die Lobby. Dort sehe ich, wie Bryan Raine mit einem Pagen debattiert und in meinem Magen beginnt sich alles zu drehen, wenn ich daran denke, was für ein Durcheinander mein ganzes Leben ist.

Raine verkörpert all das, wovor ich gerade davonlaufe — Fehlentscheidungen.

Aber wie zum Teufel kann ich wissen, ob Ryan Hunter nun eine richtige oder eine Fehlentscheidung ist?

»Es tut mir leid«, sage ich, während ich meine Hand aus seinem Griff befreie. Ich möchte ihm sagen, dass er alles ist, was ich mir je erträumt habe. Ich möchte ihm sagen, dass ich ihn liebe.

Stattdessen sage ich: »Ich muss nachdenken. Tut mir leid Ryan. Ich muss jetzt gehen.«

Kapitel Zwölf

DER HIGHWAY DEHNT sich vor mir aus und ich fahre und denke, wenn ich mich nur ein bisschen weiter entferne, bis zur nächsten Meilenmarkierung vielleicht, dann kann ich Klarheit gewinnen. Der Highway ist mir jedoch stets um eine Nasenlänge voraus, bleibt vor mir, und es gibt auch immer wieder einen weiteren Meilenstein. Ich befürchte, dass ich mir zu viele Gedanken mache.

Was tue ich?

Natürlich kenne ich die Antwort. Ich laufe davon.

Den Grund dafür kann ich aber nicht finden.

Ich rede mir ein, dass es richtig ist, ihn zu verlassen. Vielleicht nicht für immer, aber für eine Weile. Während ich mich sortiere. Während ich meinen Masterplan umsetze.

Geht es bei meinem Plan denn nicht darum, mich von Aktionen wie der mit Ryan abzuhalten — mich vor Verstrickungen mit einem Typen zu bewahren?

Das stimmt — es sei denn, es stimmt nicht.

Ryan hat mich nämlich nicht aus der Bahn geworfen. Wenn überhaupt, dann hat er meine Verwirrung beseitigt.

Ich greife in meine Tasche und umschließe mit der Hand das Halsband-Schloss, als Tränen in mir hochsteigen. Was mache ich bloß? Welcher Mensch, der bei vollem Verstand ist, läuft vor der Liebe davon?

Ich liebe ihn wirklich. Und was noch wichtiger ist: Ich weiß, dass er mich aufrichtig liebt.

Ich nehme meinen Fuß vom Gaspedal und zucke kurz zusammen, als ich bemerke, dass ich mit meinem Ferrari über 160 gefahren bin. Aber er ist wirklich eine super Kutsche.

Ich fahre langsamer und bin kurz davor umzudrehen und zurückzufahren, aber irgendetwas stimmt nicht.

Schon wieder gibt der Wagen ein seltsames Geräusch von sich, obwohl ich diesmal bei näherem Hinhören feststelle, dass das dumpfe Rattern nicht vom Ferrari stammt, sondern von irgendwo außerhalb meines Wagens.

Stirnrunzelnd blicke ich auf die Landschaft neben der Straße. Es ist vorwiegend Erde, die jetzt lärmend und wehend durch die Luft wirbelt und kleine Erdwirbel bildet, die sich drehen und drehen.

Ein Schatten ist über mir. Als ich einen schnittigen schwarzen Hubschrauber sehe, auf dessen Seiten die Aufschrift *Stark International* prangt, und der ansetzt auf dem Seitenstreifen vor mir zu landen, drücke ich mit voller Kraft auf die Bremse.

Ich schalte den Motor ab und stürme aus dem Wagen. Ich kann ihn zwar noch nicht sehen, behalte mein Tempo aber bei. Ich weiß, dass er hier ist. Ich weiß, dass er wegen mir gekommen ist.

Und dann sehe ich ihn, wie er aus dem Hubschrauber auf den Asphalt herunterspringt. Er zieht den Kopf ein, um dem durch die sich noch drehenden Rotorblätter hervorgerufenen Wind zu entweichen. Sobald er aus der Gefahrenzone ist, macht er eine Drehbewegung und der Hubschrauber steigt wieder in die Luft.

Ich werfe mich in seine Arme. »Du bist gekommen, um mich zu holen«, sage ich, meine Stimme ist weich vor Verwunderung.

»Ich werde dich immer holen.« Er küsst mich. Es ist ein harter, tiefer Kuss, der mich als sein Eigentum einfordert, und den ich intensiv bis in meine Zehenspitzen spüre.

Selbst nachdem der Kuss verklungen ist, halte ich mich noch an ihm fest, will mich davon überzeugen, dass er es tatsächlich ist. »Ich wollte gerade kehrtmachen und zurückkommen.« Ich neige meinen Kopf zu ihm hinauf. »Ich musste zu dir. Ich musste es dir sagen. Ich liebe dich auch, Ryan Hunter.«

Sein Lächeln bringt seine Augen zum Leuchten. »Ich weiß.«

»Und ich habe die Antwort gefunden«, füge ich hinzu.

»Darauf, wer Jamie ist?«

Ich nicke. »Sie ist dein«, sage ich, und obwohl ich mit einem Lächeln als Antwort seinerseits rechne, überraschen mich seine Worte.

»Nein«, sagt er. »Sie gehört sich selbst. Ich bin aber der Mann, der sie liebt.«

Seine Worte gehen mir zu Herzen, und ich ziehe ihn nahe an mich heran und küsse ihn erneut.

»Willst du immer noch, dass ich dich nach Texas bringe?«, fragt er mich, als wir beim Wagen ankommen.

Ich schüttle den Kopf. »Ich werde Georgia anrufen. Ich werde den Job nicht annehmen.«

Er hat die Beifahrertür für mich geöffnet, hält nun aber inne und nimmt mein Kinn in seine Hand. »Bist du sicher?«

»Es ist eine Riesenchance«, sage ich. »Aber nur, wenn ich in Texas sein will. Ich will dort aber nicht leben. Ich will nach Los Angeles. Ich will bei dir sein.«

Als ich das sage, treffen sich unsere Augen. Er sieht mich mit so viel Liebe und Zärtlichkeit an, dass mein Herz beinahe zerspringt.

»Seit dem Tag, an dem sie mir das Angebot gemacht hat«, fahre ich fort, »habe ich es als eine Möglichkeit gesehen, wieder in den LA-Markt einzusteigen. Es ging mir weniger um den Job an sich, sondern vielmehr um meine Zukunft. Du bist aber meine Zukunft Ryan. Du bist alles, was ich will. Und solange ich bei dir bin, kann ich auf den passenden Job warten. Ich kann —«

»Schhh«, sagt er und drückt dann seine Lippen einmal mehr auf meine.

»Hmmm«, sage ich. »Daran kann ich mich gewöhnen.«

»Dann müssen wir eben sicherstellen, dass wir die Dinge ein wenig durcheinanderbringen, findest du nicht? Ein vorhersehbares Leben wäre nicht mein Fall.«

»Meiner auch nicht. Weißt du«, füge ich hinzu und denke immer noch an den Job, »vielleicht schlage ich ihnen einfach vor, dass ich die Berichterstattung aus Los Angeles übernehme. Ich bin nämlich ganz schön super, weißt du. Es wäre echt ein Glück für sie, mich zu haben.«

»Ja, das wäre es«, sagt er. »Ich habe es.«

Gegenüber dem Highway steht eine riesige Reklametafel für eine Hochzeitskapelle in Vegas. Ryan deutet mit dem Kopf darauf und blickt dann zu mir herunter. »Ich werde dich eines Tages heiraten«, sagt er leise. Seine Worte und seine Stimme senden durch meinen Körper Schauer der Erwartung. Und nicht die kleinste Spur von Angst.

»Ja«, sage ich, »das wirst du.« Und trotz der Tatsache, dass unsere Romanze bis jetzt wirklich stürmisch war, dass sich alles in meinem Kopf dreht, weiß ich, dass es wahr ist. »Aber nicht so«, sage ich und deute mit dem Kopf auf die Werbetafel.

»Nein«, stimmt er mir zu. »Unsere Hochzeit wird ein richtiges Ereignis. Eine Party.«

»Ein Fest«, sage ich und küsse ihn wieder, weil ich einfach nicht anders kann. »Ich hoffe, Damien bezahlt dich gut«, ergänze ich mit einem Lächeln. »Ich habe nämlich die letzten paar Wochen die gesamte Hochzeitsplanung mit Nikki gemacht und deshalb eine ganze Menge Ideen.«

Sein Mund verformt sich zu einem Lächeln. »Alles was Sie wünschen Miss Archer.«

»Alles was ich will, bist du.«

»Das trifft sich gut, weil du mich schon hast. Jetzt und für immer.«

Ich seufze und gleite in seine Arme, in denen ich mich geliebt, sicher und ausgeglichen fühle.

Hinter uns erstreckt sich der Highway, den ich aber nicht mehr brauche. Ich weiß nun ganz genau, wohin ich gehe.

»Ich werde dich sehr glücklich machen«, sage ich.

»Kätzchen«, sagt er. »Das tust du bereits.«

Ende

Weiteres von J. Kenner

Dir verfallen (Stark 1): Roman

Die junge Nikki Fairchild beginnt ihre Karriere in Los Angeles und muss ihren Chef auf eine Vernissage begleiten. Dort begegnet sie dem gut aussehenden und millionenschweren Unternehmer Damien Stark. Seine Anziehungskraft ist berauschend, doch instinktiv spürt Nikki, dass sie ihm widerstehen sollte. Denn Damien berührt etwas in ihr, das sie längst besiegt zu haben glaubte. Als er immer intensiver und fordernder seine Wünsche offenbart, gibt Nikki ihrem Verlangen nach. Noch ahnt sie nicht, dass auch Damien seine dunklen Geheimnisse hat …

Romantisch, abgründig, sexy – der erste Band der New-York-Times- und SPIEGEL-Bestsellertrilogie

Dir ergeben (Stark 2): Roman

Die leidenschaftliche Beziehung zu dem erfolgreichen und faszinierenden Damien Stark hat Nikkis Leben verändert. Sie genießt das erotische Abenteuer und kann endlich ihre schmerzhaften

Erinnerungen besiegen. Glaubt sie. Doch Nikki bleibt nicht verborgen, dass auch Damien zutiefst verletzlich ist. Noch immer hat er Geheimnisse, die er ihr nicht offenbart. Das macht Nikki Angst. Denn sie spürt, dass die dunklen Schatten der Vergangenheit ihre Liebe bedrohen …

Große Gefühle und berauschende Lust – der zweite Band der New-York-Times- und SPIEGEL-Bestsellertrilogie um Nikki und Damien

Dich erfüllen (Stark 3): Roman

An der Seite von Damien fühlt sich Nikki zum ersten Mal geborgen, aber auch immer wieder herausgefordert. Mit ihm erlebt sie erfüllende Leidenschaft und tiefe Nähe. Endlich hat Damien ihr sein dunkelstes Geheimnis anvertraut. Doch Intrigen erschüttern die Beziehung und stellen ihre Liebe auf eine harte Probe. Als Damien mit seinem schlimmsten Albtraum konfrontiert wird, droht Nikki ihn für immer zu verlieren …

Liebe, Spannung und Erotik pur – das große Finale der New-York-Times- und SPIEGEL-Bestsellertrilogie um Nikki und Damien

Dich befreien (Stark 4): Erzählung

Der Epilog zur New-York-Times und SPIEGEL-Bestsellertrilogie von J. Kenner exklusiv als E-Book

Nikki hat in Damien ihre Erfüllung gefunden. Die Vorfreude auf ihre Hochzeit entfacht in beiden eine nie gekannte Leidenschaft, und sie genießen es, sich völlig fallen zu lassen. Doch an dem Tag, der für Nikki der schönste ihres Lebens werden soll, gerät durch einen ungebetenen Gast alles aus den Fugen. Nikki wird mit ihren tiefsten Ängsten konfrontiert – und ihr Glück mit Damien droht für immer zu zerbrechen …

Mit einer Leseprobe aus J. Kenner, Wanted. Lass dich verführen

Wanted (1): Lass dich verführen: Roman

»Vielleicht hätte ich davonlaufen sollen. Aber ich wollte ihn. Mehr noch, ich brauchte ihn: diesen Mann und das Feuer, das er in mir entfacht hat.«

Die junge Angelina Raine hütet ein Geheimnis: ihre Gefühle für Evan Black, Geschäftspartner ihres Onkels, attraktiv, undurchsichtig, gefährlich. Jahrelang hielt sie sich von ihm fern, doch als sie ihm jetzt wiederbegegnet, weckt er ungeahnte Sehnsüchte in ihr. Vollkommen überwältigt lässt sich Angelina ganz auf Evan ein und genießt die Erfüllung und die Geborgenheit, die sie bei ihm findet. Doch sie ahnt, dass die Dämonen der Vergangenheit ihre Liebe bedrohen …

Sexy, berauschend und gefährlich – der New-York-Times-Bestseller von J. Kenner

Wanted (2): Lass dich fesseln: Roman

Ein verführerisches Spiel um Macht, Lust und tiefe Gefühle

Die attraktive Polizistin Sloane Watson verliert nie die Kontrolle. Doch als sie bei einem Undercover-Einsatz Tyler Sharp in die Augen sieht, verfällt sie ihm sofort. Sie weiß, dass er gefährlich ist, kann seiner Anziehungskraft jedoch nicht widerstehen. Immer stärker sehnt sich Sloane nach Tylers Nähe und den tiefen Gefühlen, die er in ihr weckt. Und so setzt sie alles aufs Spiel – ihren Job, ihre Liebe und ihr Leben …

Wanted (3): Lass dich fallen: Roman

Katrina Laron will ihre Vergangenheit hinter sich lassen und beginnt ein neues Leben in Chicago. Dort begegnet sie dem gut aussehenden Kunsthändler Cole August, der sie sofort in seinen Bann zieht. Ein aufregendes Spiel um Macht und Verführung beginnt – bis aus ihrem Begehren tiefe Gefühle werden. Zum ersten Mal ist Katrina verletzlich, und das macht ihr Angst. Denn Cole hat mehr als ein dunkles Geheimnis …

Über den Autor

J. Kenner wurde in Kalifornien geboren und wuchs in Texas auf, wo sie heute mit ihrer Familie lebt. Sie studierte Rechtswissenschaften und arbeitete für verschiedene Anwaltskanzleien, bevor sie sich ganz dem Schreiben widmete. Ihre Romane begeistern nicht nur die Leser in den USA, sondern wurden auch in Deutschland sofort nach Erscheinen SPIEGEL-Bestseller.

15261135R00105

Printed in Poland
by Amazon Fulfillment
Poland Sp. z o.o., Wrocław